MICHEL PIC

LES PHILO-FABLES

Illustrations de Philippe Lagautrière

ALBIN MICHEL

Une première édition de cet ouvrage a été publiée
par les Éditions Albin Michel en 2003.

22, rue Huyghens 75014 Paris – www.albin-michel.fr
Loi 49956 du 16 juillet 1949 sur les publications destinées à la jeunesse

Préface

J'ai découvert les contes lorsque j'avais sept ans et ils ne m'ont plus jamais quitté. J'avais alors en moi un sens aigu de l'injustice, et je savourais ces belles histoires comme des vengeances, parce qu'elles constituaient des lieux d'utopie ! Le bon y était récompensé, le malade guéri, l'étranger accueilli, le faible triomphant, le tyran moqué... De cet âge où la personnalité se forge, j'ai gardé le goût pour des histoires courtes dont on peut tirer une réflexion : les apologues, les paraboles, les fables, les contes de sagesse. Aux contes merveilleux, dans lesquels tout se résout par le biais de forces magiques et d'êtres surnaturels – fées, sorcières, elfes, lutins –, j'ai toujours préféré les fables morales, celles qui donnent envie de lutter, d'avancer, parce qu'elles nous convainquent qu'il existe un ordre légitime au-dessus de l'injustice du monde et qu'il ne tient qu'à nous de le faire advenir.

En grandissant, j'ai découvert l'Orient et la sagesse subtile de ses contes philosophiques. Avec eux, j'ai compris qu'il n'y avait pas le bien d'un côté et le mal de l'autre (comme dans la pensée chrétienne occidentale), mais que ces deux notions étaient souvent imbriquées. Les grands penseurs arabes et persans (Ibn' Arabi, Attar ou encore Rumi, le La Fontaine oriental...) dispensaient leur enseignement sous forme de paraboles qui posent autant de questions qu'elles donnent de réponses. Leur morale n'est pas figée, mais soumise à notre réflexion. J'ai donc voulu rassembler dans un livre ces fables philosophiques qui m'ont aidé à grandir et à mieux interroger le monde, qu'elles viennent du conte, de la mythologie, de l'histoire antique ou de la sagesse d'Orient (bouddhiste, zen ou soufie...). Car les enfants d'aujourd'hui ont, eux aussi, besoin d'être nourris de récits et de légendes. Ils ont besoin de penser « grand ».

Notre philosophie occidentale n'a malheureusement forgé que très peu d'histoires. Elle a laissé le goût de la parabole à l'Orient, s'attachant, elle, à définir surtout des concepts, ce qui lui donne cet aspect sévère et ardu qui nous effraie souvent. Et c'est fort dommage, car on peut aisément trouver dans les contes et les fables bien des interrogations proprement philosophiques.

Lorsque l'on veut dialoguer avec un enfant, on a besoin de supports narratifs. Il est difficile d'appréhender par exemple les concepts de liberté ou de justice de manière abstraite. Mais il est plus facile de le faire à partir de l'apologue de *Diogène et les Lentilles* ou de la célèbre fable de La Fontaine, *Le Loup et le Chien,* ou bien encore à travers le personnage mythique d'Antigone chez Sophocle. Car ces récits nous posent de vraies questions...

Aussi n'avons-nous pas hésité à faire de cet ouvrage un outil pour les apprentis philosophes. D'aucuns trouveront peut-être cela ambitieux. Mais il n'est jamais trop tôt pour faire les premiers pas sur ce chemin vers la sagesse qu'est la philosophie.

Ce livre est donc formé de deux parties : les fables proprement dites et, ce que nous avons appelé « Dans l'atelier du philosophe », composé de pistes de réflexion philosophique assorties de questions.

Bien évidemment, les fables sont à lire dans un premier temps pour le seul plaisir. Il faut avant tout en savourer la sagesse, l'humour et l'émotion ! Ce n'est qu'au cours d'une deuxième lecture, le plus souvent accompagnée d'un adulte, qu'on abordera les questions. Comme on le verra, le commentaire ne suit pas toujours la morale de l'histoire, il la bouscule même souvent, notamment par l'humour, car ces fables ne détiennent pas une vérité absolue. Loin s'en faut ! Elles sont elles aussi porteuses de présupposés politiques ou religieux qu'il est bon d'interroger ou de remettre en cause ! Les questions sont donc là pour dépasser le sens littéral, permettre de penser plus loin et surtout de favoriser le dialogue entre enfants ou avec un adulte. Elles ne constituent pas un exercice scolaire auquel il faudrait absolument répondre pour être noté ! Elles ne sont que des portes ouvertes vers la réflexion individuelle ou collective.

Des mots-clés, mis en exergue, permettent par ailleurs de se repérer et de mettre en évidence des notions et des concepts.

En ces temps troublés où bien des valeurs vacillent sur leur socle, il est bon que le livre conserve son statut d'outil de dialogue et de réflexion. Les histoires sont là pour souder les hommes et construire des civilisations. Souvenons-nous de l'avertissement de Patrice de La Tour du Pin : « Tous les pays du monde qui n'ont plus de légendes seront condamnés à mourir de froid. » Alors, courons vite nous réchauffer ensemble à la philosophie des contes et des fables !

Michel Piquemal

Sommaire

Les porcs-épics

Par une froide journée d'hiver, des porcs-épics se serraient les uns contre les autres afin de se tenir chaud. Mais très vite, à force de se serrer, ils ressentirent la brûlure de leurs piquants et durent s'écarter. Quand ils eurent trop froid, leur instinct les poussa à se rapprocher encore... Mais de nouveau, ils ressentirent la brûlure de leurs piquants. Ils renouvelèrent ce manège plusieurs fois jusqu'à ce qu'ils trouvent enfin leur juste distance.

Fable racontée par le philosophe allemand Schopenhauer (1788-1860)

Dans l'atelier du philosophe

Dans la vie, en société, entre frère et sœur et même dans un couple, la distance est nécessaire. On lui donne le nom de politesse et de courtoisie. L'homme a besoin des autres et, tout à la fois, réclame son indépendance... Serez-vous capable d'accepter que la femme ou l'homme avec qui vous vivrez ait ses jardins secrets ?

Les moines et les lapins

Deux moines étaient assis dans un champ près de leur monastère, quand des lapins vinrent folâtrer tout autour de l'un d'eux.
Celui qui n'avait pas de lapins autour de lui s'exclama :
– Mais c'est incroyable ! Tu dois être un saint... Tous les lapins viennent entre tes jambes, tandis qu'ils me fuient, moi. Quel est donc ton secret ?
– Je n'ai pas de secret, répliqua le premier. Je ne mange pas de lapin, voilà tout !

Conte zen

Dans l'atelier du philosophe

Les scientifiques affirment que notre émotivité nous fait sécréter des odeurs (imperceptibles à notre odorat) que les bêtes discernent. Elles détectent ainsi les personnes qui les aiment et celles qui ont peur d'elles. L'avez-vous remarqué vous aussi ?

Le serpent et les villageois

Près d'un petit village de l'Inde vivait un énorme serpent qui terrorisait les habitants, piquant à mort ceux qui passaient dans les parages. Excédés, les villageois allèrent en délégation trouver un sage pour se plaindre de sa méchanceté.
Le sage se rendit à son tour auprès du serpent. Il lui parla longuement, lui reprochant son inconduite... Que lui avaient donc fait les villageois ? Pourquoi tant de meurtres et de violence gratuite ? Il sut si bien trouver les mots que le serpent en fut bouleversé. Il jura de s'amender... et il tint parole.
À compter de ce jour, il ne fut plus le même. Lui, le terrifiant reptile, devint une sorte de long ver maigre et flasque. Il perdit toute sa force, n'osant même plus avaler la moindre limace.
Les villageois, qui avaient la mémoire bien courte, en vinrent à se moquer de sa faiblesse. C'était bien la peine d'avoir des crocs venimeux pour ne jamais en faire usage ! Les enfants, chaque fois qu'ils le croisaient, lui jetaient des pierres ou lui décochaient quelques coups de pied.
Au bout de plusieurs mois de cette vie, le serpent fut fatigué de tous ces coups reçus. Il se traîna non sans peine jusqu'à la maison du sage, et ce fut son tour de lui exposer ses problèmes.
– J'ai fait tout ce que tu m'avais demandé, mais j'ai l'impression de n'être plus moi-même. Les villageois ne me

craignent plus, et tout leur respect d'antan s'en est allé. Ils me méprisent, ils me battent, et j'en ai le cœur qui saigne. Que peux-tu me dire ?
– Ce que je peux te dire est fort simple, lui répondit le sage. Je t'ai interdit de piquer à mort les villageois sans raison. Mais t'ai-je interdit de siffler ?

Conte de l'Inde

Dans l'atelier du philosophe

La sagesse indienne nous enseigne ce que Bouddha a appelé « la voie du milieu » : si la violence n'est pas une solution, la lâcheté et la faiblesse non plus. En suivant ce précepte, le sage indien Gandhi (1869-1948) a inventé une façon digne et active de lutter sans violence : la non-violence. Pensez-vous que cette forme de lutte et de résistance peut aujourd'hui encore être utilisée ?

Les deux frères

Deux frères cultivaient ensemble un lopin de terre et s'en partageaient la récolte. Un soir qu'ils venaient chacun d'engranger leur part, l'un des frères se réveilla et se dit :

– Mon frère est marié et il a deux enfants. Cela lui cause des soucis et des dépenses qui me sont épargnés. Il a donc plus besoin de ce grain que moi. Je m'en vais lui porter quelques sacs en cachette. Car je sais bien que si je le lui proposais, il refuserait.

Il se leva, porta quelques sacs dans la grange de son frère et retourna se coucher. Mais l'autre frère se réveilla peu après et se dit :

– Il n'est pas juste que j'aie la moitié du blé de notre champ. Mon frère ne connaît pas les joies de la vie de famille. Il a besoin de sortir et de se

divertir, autant de choses qui coûtent cher. Je vais donc lui porter une partie de mon blé.
Et il se leva pour transporter quelques sacs de blé dans la grange voisine.
Le lendemain matin, chacun des frères fut stupéfait, car, dans sa réserve, il y avait la même quantité de sacs de grains que la veille.
Tous les ans, au moment de la récolte, ils recommençaient.
Et jamais ils ne purent comprendre par quel sortilège leur nombre de sacs était toujours identique.

Conte du Moyen-Orient

Dans l'atelier du philosophe

Aucun des deux frères ne pense à lui-même. Son amour de l'autre passe avant toute chose. C'est la définition même de l'altruisme (le dévouement aux autres), opposé à l'égoïsme (l'attachement excessif à soi-même).

Faites-vous souvent passer l'intérêt des autres avant le vôtre ? En quelles occasions ?

La grenouille et le scorpion

Sur les bords d'un marigot, il y avait un scorpion qui désirait passer de l'autre côté. Il s'adressa alors à une grenouille :

– S'il te plaît, lui dit-il, prends-moi sur ton dos et aide-moi à traverser !

– Mais tu es fou, répliqua la grenouille. Si je te prends sur mon dos, tu vas me piquer, et je vais mourir !

– Ne sois pas stupide, répondit le scorpion. Quel intérêt aurais-je à te piquer ? Si je te pique, tu coules, et je meurs moi aussi puisque je ne sais pas nager…

Finalement, à force de palabres, la grenouille se laissa convaincre, et elle entama la traversée du marigot avec le scorpion sur son dos.

Mais, au milieu du fleuve, la grenouille sentit la brûlure d'une piqûre et le poison engourdir ses membres.

– Tu vois, cria-t-elle, tu m'as piquée et je vais mourir !

– Je sais, répondit le scorpion. Je suis désolé… mais on n'échappe pas à sa nature.

Et il disparut lui aussi dans les eaux boueuses.

Histoire africaine

Dans l'atelier du philosophe

La nature du scorpion est de piquer, celle de l'antilope d'être mangée par le lion… Ce qui est vrai pour les animaux l'est-il aussi pour les humains ? Sommes-nous prisonniers de notre nature, de nos instincts ? Comment pouvons-nous les « apprivoiser », les contrôler, voire les dompter ?

Avez-vous parfois l'impression d'agir instinctivement contre votre gré, contre votre propre conscience ?

Le voleur de hache

Un paysan ne retrouvait pas sa hache. Il soupçonna alors le fils de son voisin de la lui avoir prise et se mit à l'observer. Son allure était typiquement celle d'un voleur de hache. Son visage était celui d'un voleur de hache. Les paroles qu'il prononçait ne pouvaient être que des paroles de voleur de hache. Toutes ses attitudes et tous ses comportements trahissaient l'homme qui a volé une hache.
Mais, par hasard, en déplaçant un tas de bois, le paysan retrouva sa hache.
Lorsque le lendemain il regarda de nouveau le fils de son voisin, celui-ci ne présentait rien, ni dans l'allure, ni dans l'attitude, ni dans le comportement, qui évoquât un voleur de hache.

Parabole chinoise attribuée à Lie Yukou (IVe siècle avant notre ère)*

Dans l'atelier du philosophe

Méfions-nous de nos préjugés ! Ne jugeons pas à la hâte ! Ne vous est-il pas arrivé de soupçonner quelqu'un d'un méfait, pour vous apercevoir ensuite de votre erreur ?

* Parabole : petit récit sous lequel se cache un enseignement et parfois même une morale.

La perle précieuse

On raconte en Inde qu'un sage marchait un soir le long des plages de l'océan et qu'il arriva devant un petit village de pêcheurs. Il le traversait en chantant et s'en éloignait pour continuer son chemin, lorsqu'un homme se mit à courir après lui.
– S'il vous plaît, s'il vous plaît ! Arrêtez-vous ! Donnez-moi la perle précieuse !
Le sage posa son baluchon.
– De quelle perle parlez-vous ?
– Celle que vous avez dans votre sac. Cette nuit, j'ai rêvé qu'aujourd'hui je rencontrerais un grand sage et qu'il me donnerait la perle précieuse qui me rendra riche jusqu'à la fin de mes jours.
Le sage s'arrêta. Il ouvrit son sac et en sortit effectivement une belle perle. Elle était énorme et elle brillait de mille feux.
– Sur la grève, tout à l'heure, j'ai aperçu cette grosse boule.

Je l'ai trouvée jolie et l'ai mise dans ma besace. Ce doit être la perle rare dont tu parles. Prends-la, elle est à toi.
Le pêcheur était fou de joie. Il saisit la perle et partit en dansant, tandis que le sage s'allongeait sur le sable pour y passer la nuit.
Mais, dans sa hutte, le pêcheur ne dormait pas. Il se tournait et se retournait sur sa couche. Il avait peur qu'on lui vole son bien. De toute la nuit, il ne put trouver le sommeil.
Aussi, au petit matin, il prit la perle et partit rejoindre le sage.
– Je te rends cette perle, car elle m'a procuré plus d'inquiétude que de richesses. Apprends-moi plutôt la sagesse qui t'a permis de me la donner avec autant de détachement. Car c'est cela la vraie richesse.

Conte hindouiste

Dans l'atelier du philosophe

Dans certaines philosophies, la sagesse consiste à ne pas s'attacher aux biens matériels, qui sont toujours la source de soucis et de tourments. La vraie richesse est intérieure et spirituelle. Et pour vous, qu'est-ce que la vraie richesse ? Seriez-vous prêt à partir nu-pieds, un simple sac sur l'épaule, comme le sage de ce conte ?

Le tsar et la chemise

Dans l'ancienne Russie, il advint un jour que le tsar fut pris d'une terrible maladie. Pauvre homme ! Il n'avait plus goût à rien. La vie lui paraissait vaine et gratuite. Tous les médecins du royaume se succédaient à son chevet, mais aucun ne parvenait à soigner sa mélancolie… Jusqu'au jour où un grand sage trouva enfin un remède.

– Le tsar peut être guéri, affirma-t-il. Il suffit pour cela de trouver un homme parfaitement heureux, de lui enlever sa chemise et de demander au tsar de la mettre. Alors notre souverain guérira !

Aussitôt des émissaires écumèrent le royaume à la recherche d'un homme parfaitement heureux. Mais hélas, trouver un homme content de tout semblait impossible. Celui qui était riche était malade. Celui qui était en bonne santé se plaignait de sa pauvreté ou de sa femme et de ses enfants. Tous, sans exception, reprochaient quelque chose à la vie.

Un jour cependant, passant devant une misérable petite isba, le fils du tsar entendit une voix venant de l'intérieur qui disait :
« Ah, quel bonheur ! J'ai bien travaillé ! J'ai bien mangé ! Je peux désormais aller dormir. Que demander de plus à la vie ? »

Le fils du tsar bondit de joie. Il avait enfin trouvé la perle rare. Il appela ses serviteurs et demanda qu'on entre aussitôt chez cet homme, qu'on lui achète sa chemise à prix d'or et qu'on la porte au tsar, son père.
Les serviteurs s'empressèrent d'investir la maison pour s'emparer de la chemise de l'homme heureux. Mais celui-ci était si pauvre qu'il n'avait pas la moindre chemise sur le dos !

Conte d'Europe centrale

Dans l'atelier du philosophe

Ce conte affirme que, pour être heureux, il faut se contenter du minimum et ne rien désirer. Refrain connu : l'argent ne fait pas le bonheur ! Étrangement, cela a toujours été le discours des puissants et des gens au pouvoir. Et s'ils disaient cela pour conserver leurs biens et leur place au soleil ?

Par ailleurs, le bonheur est-il la même chose pour chacun d'entre nous ?

Le mille-pattes

Un mille-pattes vivait tranquille, insouciant et heureux, lorsqu'un jour, un crapaud, qui habitait dans les parages, lui posa une question bien embarrassante :
– Lorsque tu marches, lui demanda-t-il, dans quel ordre bouges-tu tes pattes ?

Le mille-pattes fut si troublé par la question du crapaud qu'il rentra aussitôt dans son trou pour y réfléchir. Mais il avait beau se creuser la cervelle, il ne parvenait pas à trouver de réponse. À force de questionnements, il finit par ne plus être capable de mettre ses pattes en mouvement. Il resta bloqué dans son trou, où il mourut de faim.

Histoire de la Chine ancienne

Dans l'atelier du philosophe

Dans certaines situations, il est nécessaire de s'interroger, mais dans d'autres, il est bon d'agir de manière naturelle, instinctive. Ce que nous enseigne ce conte, c'est que trop s'interroger sur nous-même risque de nous étouffer et de nous empêcher définitivement d'agir. Mais n'avons-nous pas tous cette tendance à nous regarder de l'intérieur qu'on appelle l'introspection ?

Sage ou fou ?

Un roi puissant et sage gouvernait la ville de Wirani. Tous le craignaient pour sa puissance et l'aimaient pour sa sagesse.

Or, il y avait au cœur de cette ville un puits dont l'eau fraîche et cristalline alimentait toute la cité.

Une nuit, alors que tout le monde dormait, une sorcière pénétra dans la ville et empoisonna le puits. Elle y versa sept gouttes d'un liquide étrange en disant : « Tous ceux qui boiront de cette eau deviendront fous. »

Le lendemain, tous les habitants de la ville, excepté le roi et son chambellan, burent de l'eau du puits... et comme la sorcière l'avait prédit, ils perdirent la raison.

La ville devint le théâtre des agissements les plus étranges, et le roi ne parvenait pas à calmer la population. D'autant que désormais toute la ville murmurait : « Notre roi n'agit pas comme nous. Il est devenu fou. Nous refusons d'être gouvernés par un dément. Il nous faut le détrôner. »

Aussi, ce soir-là, le roi fit remplir un gobelet doré de l'eau du puits. Il en but une grande gorgée, puis le passa à son chambellan qui fit de même.
Et le peuple de la ville se réjouit et organisa de grandes fêtes : le roi et son chambellan avaient, disait-on, recouvré la raison.

D'après un conte arabe raconté par Khalil Gibran (1883-1931)

Dans l'atelier du philosophe

Nous ne pouvons vivre en dehors de la société. Si notre société est folle, il ne nous reste plus qu'à devenir fous à notre tour, nous dit ce conte. Mais n'y a-t-il vraiment aucun moyen de se révolter contre cette folie ? Changer le monde, n'est-ce qu'un rêve, qu'une utopie ?

La cachette invisible

Autrefois, tous les humains étaient des dieux. Mais ils abusèrent tant de leurs privilèges que Brahmâ, le maître des dieux, décida de leur ôter ce pouvoir de divinité.
Brahmâ organisa donc un conseil pour décider d'une cachette qui soit impossible à déceler.
Les dieux mineurs prirent d'abord la parole pour suggérer :
– Enterrons le pouvoir de divinité tout au fond de la terre !
Mais Brahmâ répliqua :
– Je vois que vous ne connaissez pas bien la curiosité de l'homme ! Il fouillera, il creusera, et un jour il finira par le trouver.
– Dans ce cas, jetons-le dans la profondeur des océans !
Brahmâ soupira :
– Je connais trop bien les hommes : tôt ou tard, ils iront explorer le fond des océans et remonteront le pouvoir de divinité à la surface. Ce sont d'éternels insatisfaits.
Les dieux mineurs ne savaient plus que dire.
– Où donc le cacher alors ? Car, si nous t'en croyons, il n'est pas d'endroit, sous terre, dans le ciel ou au fond des mers que les hommes n'atteindront un jour...
Alors Brahmâ reprit la parole :

– Voici ce que nous ferons ! Nous cacherons le pouvoir de divinité au plus profond du cœur des hommes, car c'est le seul endroit où ils ne songeront pas à aller le chercher.
Et depuis ce temps l'homme a fait le tour de la terre, il a creusé, il a exploré, il a fouillé le fond des mers... à la recherche de « quelque chose » qui se trouve en lui-même.

Légende hindouiste

Dans l'atelier du philosophe

Voilà au moins une réponse claire à la question que se posent les hommes depuis des millénaires : où se trouve Dieu ? En nous-même répond la légende. Pourquoi les humains ne pensent-ils pas à chercher en eux-mêmes ? Que le divin existe ou non, qu'il soit une création des hommes ou non, qu'est-ce qui se cache dans notre cœur ?

Pourquoi suis-je ici ?

Au soir de sa mort, un derviche arriva à la porte du paradis. Émerveillé et fou de joie, il demanda au portier :
– Pourquoi donc suis-je ici ? Est-ce parce que j'ai beaucoup prié, toute ma vie durant ?
– Non, non... lui dit le portier en souriant.
– Serait-ce donc parce que j'ai beaucoup jeûné ?
– Mais non... tu n'y es pas du tout !
– Mais alors pourquoi donc ?
– Eh bien, je vais te le dire ! Une nuit d'hiver à Bagdad, une nuit où il faisait très froid, tu as recueilli une petite chatte abandonnée, et tu l'as réchauffée dans ton manteau. C'est pour avoir allégé ses souffrances que tu es ici, à la porte du paradis !

Parabole soufie*

Dans l'atelier du philosophe

À la différence de nos civilisations occidentales pour lesquelles les animaux n'ont pas d'âme, ce texte oriental fait de notre amour, de notre compassion envers les bêtes un des enjeux du paradis. Cela vous paraît-il juste ou exagéré ?

* Parabole : petit récit sous lequel se cache un enseignement et parfois même une morale.

Le cœur d'une mère

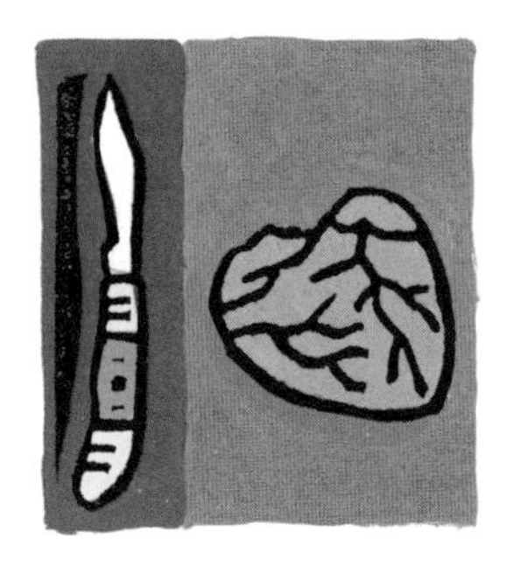

Hassan aimait tendrement sa mère et passionnément Leïla, sa femme. Mais Leïla n'aimait pas la mère d'Hassan, dont elle était terriblement jalouse. Sans cesse, elle torturait son mari avec ses exigences.
« Si tu m'aimais vraiment, tu ne tolèrerais pas qu'une autre femme me dicte sa loi sous notre toit. » Et Hassan chassa sa mère de leur maison.
« Si tu m'aimais vraiment, tu n'irais plus voir cette femme qui médit de moi en secret. » Et malgré sa peine, Hassan ne rendit plus visite à sa pauvre mère.
Mais la jalousie de Leïla était sans bornes. Un jour, elle exigea d'Hassan la plus cruelle des épreuves. « Si tu m'aimais vraiment, tu irais tuer cette femme qui me torture jour et nuit, et tu me rapporterais son cœur. »
Hassan prit son couteau. Il alla voir sa mère et il lui arracha le cœur. Mais tandis qu'il rapportait

en pleurant son trophée à sa bien-aimée, il trébucha sur un caillou du chemin, et le cœur tomba sur le sol.
Alors, du morceau de chair sali par la poussière, sortit une petite voix qui lui demanda :
« Hassan, mon fils, tu ne t'es pas fait mal au moins ? »

Légende arabe

Dans l'atelier du philosophe

« Dieu ne pouvait être partout, dit un proverbe juif, aussi créa-t-il les mères. » Pensez-vous, comme dans ce conte, que l'amour d'une mère peut tout supporter ?

Ce conte semble dire par ailleurs que les belles-filles cherchent à se débarrasser de leur belle-mère... mais n'y a-t-il pas aussi des mères dont l'amour étouffe leurs enfants et qui sont prêtes à exclure leur belle-fille ? L'amour maternel est-il toujours constructif ?

Toutes les connaissances du monde

On raconte que dans la Perse ancienne vivait un jeune roi nommé Zémir. Il était si passionné de savoir et de sagesse qu'il réunit les plus grands érudits du royaume et leur demanda d'écrire pour lui un livre rassemblant toutes les connaissances essentielles.
Les savants se mirent au travail et, au bout de vingt ans, ils revinrent au palais avec une caravane de chameaux porteurs de cinq cents énormes volumes. Mais le roi Zémir venait de passer la quarantaine.
– Je n'aurai jamais le temps de lire tout cela. S'il vous plaît, faites-m'en une édition abrégée !
Les érudits se remirent au travail. Et, au bout de vingt ans, ils revinrent fièrement au palais, avec quelques chameaux seulement.

Mais le roi était devenu très vieux. Il se sentait affaibli.
– S'il vous plaît, leur dit-il, faites-m'en une version en un seul volume.
Les savants travaillèrent encore dix ans. Mais quand ils revinrent avec le précieux volume, le roi était aveugle. Il était couché, presque sans forces.
– Il me faudra donc mourir, leur dit-il, sans connaître le sens de la destinée de l'homme...
Alors le plus âgé des érudits vint à son chevet et lui murmura :
– Je vais vous résumer en trois mots la destinée de l'homme : il naît, souffre et finalement meurt.
Et à cet instant même le roi expira.

Conte perse

Dans l'atelier du philosophe

Quel est le sens de la vie ? Voilà une question philosophique incontournable. Ce conte perse y répond d'une manière aussi humoristique que brutale. Naître, souffrir et mourir résumerait toute notre existence. Êtes-vous d'accord avec ce raccourci ? Ne voyez-vous pas d'autres sens à la vie humaine ?

Le partage selon Dieu

Deux paysans se disputaient les pommes d'un arbre. Car si l'arbre appartenait bien à l'un des paysans, les pommes avaient roulé dans le pré de l'autre… et ils ne savaient comment se les partager. Passe alors un brahmane qui avait la réputation d'être un homme très sage.

Les deux paysans se précipitent, lui expliquent la cause de leur dispute et le conjurent de trancher pour eux ce différend.

– S'il te plaît, aide-nous !

Le brahmane leur demande alors :

– Préférez-vous un partage fait selon le jugement des hommes ou selon celui de Dieu ?

D'une seule voix, les deux paysans s'écrient :

– Selon le jugement de Dieu !

– Vous me promettez que vous ne remettrez pas ce jugement en cause ?

– Nous le promettons !

Alors le brahmane fait d'un côté un énorme tas de pommes, et de l'autre il place un seul fruit presque gâté.

– Ce tas-ci est pour toi, et celui-là pour toi, dit-il aux paysans sans les regarder.
Puis il reprend son bâton et passe son chemin sans dire un mot de plus.

Légende hindouiste

Dans l'atelier du philosophe

La nature n'est ni juste ni injuste. Elle ne partage pas les choses équitablement. Elle donne parfois tout à l'un (cadre de vie facile, environnement agréable, beauté, santé) et rien à l'autre. C'est au contraire la justice des hommes qui s'efforce, en érigeant des lois, de rendre les hommes égaux entre eux. Y arrive-t-elle vraiment ? Comment ?

Les baguettes d'ivoire

Dans l'ancienne Chine, un jeune prince décida de se faire fabriquer une paire de baguettes pour sa table avec un morceau d'ivoire d'une grande valeur. Lorsque le roi son père, qui était un sage, en eut connaissance, il vint le trouver et lui expliqua la chose suivante :

– Tu ne dois pas faire cela, car cette luxueuse paire de baguettes risque de te mener à ta perte !

Le jeune prince était interloqué. Il ne savait pas si son père était sérieux ou s'il se moquait de lui. Mais le père poursuivit ainsi :

– Lorsque tu auras tes baguettes d'ivoire, tu te rendras compte qu'elles ne vont pas avec la vaisselle de grès que nous avons à notre table. Il te faudra des tasses et des bols de jade. Or, les bols de jade et les baguettes d'ivoire ne souffrent pas des mets grossiers. Il te faudra des queues d'éléphants et des fœtus de léopards.

Un homme qui a goûté des queues d'éléphants et des fœtus de léopards ne saurait se contenter d'habits de chanvre et d'une demeure simple et austère. Il te faudra des costumes de soie et des palais magnifiques. Pour cela, tu saigneras les finances du royaume, et tes désirs n'auront pas de fin.

Tu aboutiras bien vite à une vie de luxe et de dépenses qui ne connaîtra plus de bornes.

Le malheur s'abattra sur nos paysans, et le royaume sombrera dans la ruine et la désolation... Car tes baguettes d'ivoire sont comme la mince fissure dans la muraille, qui finit par détruire tout l'édifice.

Le jeune prince oublia son caprice et devint plus tard un monarque réputé pour sa grande sagesse.

Conte du philosophe chinois Han Fei (IIIe siècle avant notre ère)

Dans l'atelier du philosophe

Un désir en appelle un autre, et tout désir satisfait en appelle souvent un plus grand. Or, nous vivons dans des sociétés où nous sommes sans cesse sollicités et tentés. Les médias, les publicités sont là pour nous présenter encore et toujours de nouvelles choses à posséder, la plupart du temps superflues. Comment faire pour échapper à cette spirale ?

Le rêve du papillon

Un philosophe chinois raconte cette histoire à donner le vertige…
« Dans son sommeil, un homme rêve qu'il est un papillon. Il voltige de fleur en fleur, il butine, ouvre et referme ses ailes. Il a la légèreté du papillon, sa grâce et sa fragilité. Soudain, il se réveille, et il s'aperçoit avec étonnement qu'il est un homme. Mais est-il un homme qui vient de rêver qu'il était un papillon ?
Ou bien est-ce un papillon qui rêve qu'il est un homme ? »

D'après Tchouang-Tseu, sage taoïste chinois (IVe-IIIe siècle avant notre ère)

Dans l'atelier du philosophe

Le rêve et ses illusions ont toujours passionné les philosophes. Car, lorsque nous rêvons, tout nous semble réel. Comment donc savoir si nous ne sommes pas, à l'instant même, dans un rêve ? « La vie est un songe », a écrit le poète espagnol Calderón. Et Borges, l'écrivain argentin, est allé plus loin encore, imaginant que notre vie n'était que le rêve d'une autre créature… Vous arrive-t-il parfois de douter de votre propre réalité ? Comment s'en convaincre ?

Les trois tamis

Un jour, un homme vint trouver le philosophe Socrate et lui dit :
– Écoute, Socrate, il faut que je te raconte comment ton ami s'est conduit.
– Je t'arrête tout de suite, répondit Socrate. As-tu songé à passer ce que tu as à me dire au travers des trois tamis ?
Et comme l'homme le regardait d'un air perplexe, il ajouta :
– Oui, avant de parler, il faut toujours passer ce qu'on a à dire au travers des trois tamis. Voyons un peu ! Le premier tamis est celui de la vérité. As-tu vérifié que ce que tu as à me dire est parfaitement exact ?
– Non, je l'ai entendu raconter et...

– Bien ! Mais je suppose que tu l'as au moins fait passer au travers du second tamis, qui est celui de la bonté. Ce que tu désires me raconter, est-ce au moins quelque chose de bon ?
L'homme hésita, puis répondit :
– Non, ce n'est malheureusement pas quelque chose de bon, au contraire...
– Hum ! dit le philosophe. Voyons tout de même le troisième tamis. Est-il utile de me raconter ce que tu as envie de me dire ?
– Utile ? Pas exactement...
– Alors, n'en parlons plus ! dit Socrate. Si ce que tu as à me dire n'est ni vrai, ni bon, ni utile, je préfère l'ignorer. Et je te conseille même de l'oublier...

Apologue du philosophe grec Socrate (V-IVe siècle avant notre ère)*

Dans l'atelier du philosophe

Raconter ce qu'on a entendu dire nous brûle souvent la langue. Ne vaudrait-il pas mieux, comme Socrate, passer d'abord ces propos au travers des trois tamis ? Quels sont les dangers des propos rapportés et des rumeurs ?

* Apologue : petite fable visant à illustrer une leçon de morale

Ce qui ne meurt jamais

Un jour, une jeune femme en pleurs vint trouver le Bouddha. Son enfant venait de mourir, et comme elle avait déjà perdu son époux, elle se retrouvait seule au monde. Elle espérait du Bouddha un miracle, désirant secrètement qu'il lui rende son enfant. Le Bouddha lui sourit avec bonté et lui dit :
– Va en ville, et rapporte-moi quelques grains de sénevé d'une maison où jamais personne n'est mort.
Elle y alla. Mais partout elle reçut la même réponse :
– Nous pourrions te donner autant de grains de sénevé que tu désires, mais ta condition est impossible à remplir ! Beaucoup de personnes ont déjà rendu l'âme sous ce toit !
Toute la journée elle s'obstina et alla de porte en porte, espérant trouver une maison où la mort n'aurait jamais frappé. À la nuit tombée pourtant, elle renonça, comprenant que la mort faisait partie du cycle de la vie et qu'il était inutile de vouloir la nier.
Elle retourna voir le Bouddha, qui lui demanda si elle rapportait des grains de sénevé. La jeune femme se prosterna devant lui en disant :
– Je ne te demanderai plus de me rendre mon enfant, car il mourrait de toute façon un jour ou l'autre. Enseigne-moi plutôt ce qui ne meurt jamais.

Parabole bouddhiste*

Dans l'atelier du philosophe

Cette histoire peut sembler très dure : comment pourrait-on accepter la mort d'un enfant ? Dans certaines philosophies pourtant, on se doit d'accepter la souffrance comme une étape, une épreuve inévitable. Selon d'autres philosophies, la dignité est au contraire dans la révolte contre ce qui nous semble inadmissible : la souffrance, la vieillesse, la mort d'un enfant. Et vous, qu'en pensez-vous ? Comment réagissez-vous aux grandes difficultés de la vie ?

* Parabole : petit récit sous lequel se cache un enseignement et parfois même une morale.

Diogène et les lentilles

Le philosophe grec Diogène, dont on dit qu'il vivait dans un tonneau, est bien connu pour son amour absolu de la liberté et de la nature.

Un jour qu'il était en train de souper d'un frugal plat de lentilles, il fut interpellé par le philosophe Aristippe qui, de son côté, menait une existence dorée car il faisait partie des courtisans du roi.

Avec un peu de mépris, Aristippe lui lança : « Tu vois, si tu apprenais à ramper devant le roi, tu ne serais pas contraint de te contenter de déchets, comme ce vulgaire plat de lentilles ! »

Diogène le foudroya du regard et répliqua : « Si tu avais appris à te contenter de lentilles, tu n'aurais pas à ramper devant le roi ! »

*

On raconte aussi que le grand roi Alexandre, qui admirait le détachement de Diogène, vint un jour lui rendre visite. Diogène était alors allongé à moitié nu au soleil. Alexandre le Grand s'approcha et lui signifia toute son admiration :

– Demande-moi ce que tu veux et je te l'obtiendrai !

Diogène leva la tête et répliqua simplement :

– Ôte-toi de mon soleil !

*

On raconte encore que Diogène avait un esclave du nom de Manès. Un jour, celui-ci s'enfuit, et Diogène ne se soucia nullement de le rechercher. Tous ses amis s'en étonnèrent. « Eh quoi, leur répondit Diogène, Manès peut vivre sans Diogène et, moi, je ne pourrais pas vivre sans Manès ? Mon esclave s'est échappé, c'est Diogène qui s'est libéré ! »

Apologue de Diogène le Cynique (413-327 avant notre ère) rapporté par Diogène Laërce (IIIe siècle de notre ère)*

Dans l'atelier du philosophe

Diogène nous enseigne que la liberté a un prix. Pour être totalement libre, il ne faut pas être attaché à des biens matériels, car tout ce que l'on possède nous possède en retour. Ne rien avoir, ne rien désirer, cela vous paraît-il un exemple à suivre, ou est-ce seulement une histoire destinée à nous enseigner les risques qu'il y a à trop vouloir posséder ? Quels seraient-ils ? À quoi êtes-vous prêt à renoncer pour votre liberté ?

* Apologue : petite fable visant à illustrer une leçon de morale.

Les sortilèges d'un affranchi*

Un citoyen affranchi tirait d'un tout petit champ des récoltes plus abondantes que celles de ses voisins. Ceux-ci, qui avaient des terrains beaucoup plus étendus, ne parvenaient pas à obtenir la moitié même de ce qu'il récoltait, et ils en étaient dévorés de jalousie. Aussi finirent-ils par l'accuser d'utiliser des sortilèges magiques et d'attirer dans son champ leurs propres moissons. Il fut donc cité à comparaître devant la justice de Rome. Craignant d'être

* Affranchi : ancien esclave à qui l'on avait rendu ou qui avait racheté sa liberté.

condamné, il vint sur le forum* avec
son attelage de bœufs en parfaite santé,
ses instruments agricoles aux socs pesants
et tous ses outils de travail.
– Voilà, Romains, leur dit-il, mes sortilèges...
Car je ne puis vous montrer ni faire venir ici
mes fatigues, mes veilles et mes sueurs.
Il fut acquitté à l'unanimité et put tranquillement
reprendre son travail.

D'après l'écrivain latin Pline l'Ancien (23-79), Histoire naturelle

* Forum : place de Rome où le peuple s'assemblait. À la fois centre religieux, commercial, juridique et centre des affaires privées et de la vie publique.

Dans l'atelier du philosophe

Le travail des hommes et leur volonté sont les plus grands des « sortilèges ». Il sont capables des plus beaux miracles !

On voit ici que le travail est une valeur suprême. Dans nos sociétés occidentales, a-t-il gardé la même valeur ? La réussite est-elle toujours liée au travail accompli ? Si nous dévalorisons la notion de travail, quelles pourraient en être les conséquences ?

La parole

Un jour, un pêcheur qui venait étendre ses filets trouva sur la plage un crâne desséché. Pour s'amuser, il s'adressa au crâne et lui demanda :
– Dis-moi donc, Crâne, qui t'a conduit ici ?
Quelle ne fut pas sa surprise lorsqu'il entendit le crâne lui répondre :
– La parole !
Aussitôt, le pêcheur courut jusqu'au village, entra dans la case de son roi et raconta ce qu'il avait vu.
– Un crâne qui parle ! s'exclama le roi. Es-tu bien sûr de ce que tu racontes ?
– Aussi sûr que je suis devant vous et vous parle !
– Méfie-toi, lui dit le roi, si tu m'as raconté des sornettes, gare à ta tête.
Et, en grand cortège, il se rendit jusqu'à la plage pour assister au sortilège.
Une fois devant le crâne, l'homme répéta avec un peu de fierté :
– Dis-nous donc, Crâne, qui t'a conduit ici ?
Mais cette fois-ci, silence ! Le crâne ne répondit pas.

Alors le roi leva son sabre et décapita le pêcheur. Puis il s'en retourna avec sa suite jusqu'au village.
Le roi parti, le crâne s'adressa alors à la tête fraîchement coupée et lui demanda :
– Dis-moi donc, qui t'a conduit ici près de moi ?
– La parole, répondit la tête, désabusée.

Conte africain

Dans l'atelier du philosophe

Le plaisir du bavardage conduit ici à avoir la tête coupée. C'est bien évidemment excessif. Mais comme dans tous les contes il faut y voir surtout un message symbolique destiné à nous avertir du danger qu'il y a à parler sans réfléchir.

Quelle leçon tirez-vous de cette histoire ? Quand doit-on parler, quand doit-on se taire ? Ne pourrait-on pas relier cette histoire à celle des trois tamis que nous enseigne Socrate (voir page 40) ?

L'épée de Damoclès

Denys l'Ancien, tyran de Syracuse, organisait des festins extraordinaires. Il y faisait l'étalage de sa richesse et de sa force devant la noblesse du pays. Un de ses courtisans, Damoclès, impressionné par tant de luxe, lui dit un jour combien il l'enviait d'être aussi riche et aussi puissant.

– Eh bien, puisque tout cela te paraît si enviable, lui rétorque le tyran, serais-tu d'humeur à en goûter un peu et à voir par toi-même quel est mon sort ?

Damoclès, un peu grisé par l'alcool, y consent avec joie.

On le place alors sur un siège d'or serti de pierreries, on l'entoure de tout le luxe des rois, on le baigne de parfums et de musique, on lui sert les mets les plus exquis… Damoclès nage dans le bonheur. Mais soudain, alors qu'il lève les yeux, il s'aperçoit que Denys a fait

placer au-dessus de sa tête une épée acérée soutenue seulement par un crin de cheval. À cet instant même, ses yeux ne voient plus l'éclat de ce qui l'environne, il ne goûte plus le plaisir des mets, des parfums et de la musique…

– Alors, lui demande le tyran, tu as vu quel était mon sort. En as-tu assez ?

– Oui, souffle le courtisan.

Et il s'empresse de quitter cette place peu enviable. Car celui qui vit toujours dans la crainte ne peut goûter le moindre des plaisirs.

D'après le poète latin Horace (Ier siècle avant notre ère)

Dans l'atelier du philosophe

Si l'on veut le pouvoir, il faut aussi en accepter les conséquences. Damoclès ne les accepte pas et préfère quitter sa place… mais Denys, lui, les accepte puisqu'il reprend son rôle. Qu'est-ce qui l'attire donc tant dans l'exercice du pouvoir ? Pourquoi le pouvoir fascine-t-il certains au point que ceux-ci sacrifient tout à ses attraits ?

L'enfer et le paradis

Un samouraï se présenta un jour devant le maître zen Hakuin et lui demanda :

– Y a-t-il réellement un enfer et un paradis ? Et s'ils existent, où se trouvent donc leurs portes ?

Hakuin le dévisagea puis lui demanda :

– Qui es-tu donc pour poser semblable question?

– Je suis un samouraï, le premier des samouraïs...

– Toi, un samouraï ? répliqua sur un ton méprisant le maître. Tu ressembles plutôt à un mendiant.

Rouge de colère, le samouraï dégaina son sabre...

– Ah bon, tu as même un sabre ? Mais tu es sûrement trop maladroit pour me couper la tête...

Hors de lui, le guerrier leva son sabre pour frapper le maître. Mais à cet instant Hakuin murmura :

– Ici s'ouvrent les portes de l'enfer.

Décontenancé par la tranquille assurance du moine, le samouraï remit l'épée dans son fourreau et s'inclina.

– Ici s'ouvrent les portes du paradis, lui dit alors le maître.

Conte du maître zen Hakuin (XVIIIe siècle)

Dans l'atelier du philosophe

Selon la philosophie zen, la maîtrise de soi est la base même de la sagesse. Tous les excès, toutes les passions sont donc écartés... et la colère en fait partie. Et pourtant, peut-on réellement vivre sans excès ni passions ? N'y a-t-il pas aussi parfois des colères positives et de belles folies ? Notre raison peut-elle tout contrôler ?

Les deux moines et la jeune fille

Deux moines zen s'apprêtaient à traverser une rivière à gué lorsqu'arriva une belle jeune fille. Elle aussi souhaitait traverser mais elle était effrayée par la violence du courant. Alors l'un des moines la prit en souriant sur ses épaules et la porta de l'autre côté de la rivière.

Son compagnon fulminait : un moine ne doit pas toucher le corps d'une femme… Et tout le long du trajet, il ne desserra plus les dents. Deux heures plus tard, lorsqu'ils arrivèrent en vue du monastère, il lui annonça même sur un ton de reproche qu'il allait informer leur maître de ce qui s'était passé :
– Ce que tu as fait est honteux et interdit par notre règle !
Son compagnon s'étonna :
– Qu'est-ce qui est honteux ? Qu'est-ce qui est interdit ?

– Comment ? Tu as oublié ce que tu as fait ? Tu ne t'en souviens donc pas ? Tu as porté une belle jeune fille sur tes épaules !
– Ah oui, se souvint le premier, en riant. Tu as raison. Mais il y a deux bonnes heures que je l'ai laissée sur l'autre rive, tandis que, toi, tu la portes toujours sur ton dos !

Conte zen

Dans l'atelier du philosophe

Le deuxième moine n'a pas porté la jeune fille mais visiblement il en mourait d'envie, puisqu'il n'est pas parvenu à l'oublier. S'il n'a pas désobéi à la règle dans ses actes, il l'a fait en pensée, et cette pensée continue à le ronger. À sa frustration s'ajoute encore la jalousie. Sur un plan moral, n'est-ce pas plus grave ?

Par ailleurs, n'y a-t-il pas des situations où, pour aider quelqu'un, on se détourne d'une règle ou même de la loi des hommes ? Songeons à l'histoire d'Antigone (voir page 88).

Le loup et le chien

Un loup affamé errait dans la forêt en quête de nourriture, lorsqu'il se trouva face à face avec un grand chien aussi puissant que beau. Il l'aurait bien attaqué, mais le dogue était de haute taille. Aussi le loup préféra-t-il l'aborder humblement. Il lui fit même des compliments sur son beau pelage et son embonpoint.
– Il ne tient qu'à toi d'avoir ma bonne mine, lui répliqua le chien. Quitte tes semblables, abandonne ces forêts où tu meurs de faim, et viens me rejoindre.
– Mais que me faudra-t-il faire ?
– Bien peu de choses : donner la chasse aux mendiants, flatter notre maître. Il te donnera en échange autant de nourriture que de caresses.
Le loup, dont la faim tenaillait le ventre, n'en croyait pas son bonheur. Et, sans plus attendre, il se mit en route avec le dogue.
Mais, chemin faisant, il aperçut le cou pelé du chien.
– Qu'est-ce là ? lui demande-t-il.
– Oh, rien, pas grand-chose !
– Mais encore ?
– C'est à cause du collier avec lequel je suis attaché…
– Attaché ! dit le loup. Tu ne cours donc pas où bon te semble ?

– Pas toujours, mais qu'importe !
– À mes yeux, cela importe bien plus que tout au monde. Et pour ce prix-là, je te laisse tes repas, et même les plus grands trésors.
Sur ces mots, le loup s'enfuit vers la forêt, où l'on prétend qu'il rôde encore.

D'après le poète français Jean de La Fontaine (1621-1695), « Le Loup et le Chien »

Dans l'atelier du philosophe

Comme Diogène préférait manger des lentilles plutôt que de faire des courbettes (voir page 44), le loup préfère crever de faim plutôt que d'être attaché. On ne peut pas tout avoir, semble nous dire cette fable !

Et vous, dans la vie, à quels renoncements, à quelles concessions êtes-vous prêt pour avoir de l'argent et une bonne situation ?

Les raisins

Devant la grande mosquée, quatre mendiants tendaient la main, lorsqu'un homme qui en sortait leur fit l'aumône.
– Prenez cette pièce et achetez-vous ce que bon vous semble ! leur dit-il.
– Je sais ce que nous allons faire, dit le premier qui était persan. Avec cet argent, nous achèterons de l'*angour* que nous partagerons.
– Non, dit le second qui était arabe. Moi, je veux de l'*inab*.

– Pas question, dit le troisième qui était turc. Ni *angour*, ni *inab*, achetons de l'*uzüm*.
Le quatrième était grec, et il ne fut pas d'accord non plus.
– Moi, ce que je veux, c'est du *stafil*.
Et leur dispute ne prit jamais fin.
Pourtant, sans le savoir, chacun dans sa langue réclamait la même chose : des raisins. Une belle grappe à se partager pour calmer leur faim et leur soif.

Conte du poète mystique persan Rûmi (1207-1273), fondateur de l'ordre des derviches tourneurs

Dans l'atelier du philosophe

La communication entre les hommes est souvent gênée par le problème de la langue. Mais, quand bien même nous parlerions-tous la même langue, ces problèmes de communication disparaîtraient-ils ? N'y a-t-il que la langue qui nous sépare et nous divise ? Pourquoi n'arrive-t-on pas toujours à se comprendre ?

L'ange de la mort

Un matin, un homme se présenta au palais du roi Salomon à Jérusalem, l'air hagard et les cheveux en bataille.

– Je t'en supplie, grand Salomon. Aide-moi à quitter sur-le-champ cette ville.

– Mais que crains-tu donc ?

– Ce matin, au marché, j'ai croisé Azraël, l'ange de la mort, et il m'a jeté un regard qui m'a glacé le sang. Je suis sûr qu'il est ici pour me prendre... Aide-moi. Commande au vent de m'emporter jusqu'en Inde pour le salut de mon âme.

Plein de compassion, Salomon commande donc au vent de porter l'homme jusqu'en Inde et, dans l'après-midi, il se rend au marché à la recherche d'Azraël. Il le reconnaît sans peine et l'interroge :

– Pourquoi donc as-tu effrayé ce pauvre homme ? Tu lui as fait si peur qu'il en a quitté sa patrie !

– Cet homme s'est mépris, lui répondit Azraël. Je ne l'ai pas regardé avec colère, mais avec étonnement. J'ai reçu l'ordre d'aller le chercher ce soir même en Inde. Et je me suis demandé : comment pourrait-il, à moins d'avoir des ailes, y être dans la soirée ?

Conte du poète mystique persan Rûmi (1207-1273), fondateur de l'ordre des derviches tourneurs

Dans l'atelier du philosophe

La mort est au bout de chaque destinée. Certaines religions prétendent même que notre vie est écrite dans un livre, de notre naissance à notre mort, et qu'on n'y peut rien changer. Selon elles, on n'échappe pas à son destin ! Cela nous ôterait donc toute liberté et tout choix. Pensez-vous que nous soyons ainsi « programmés » ?

Qui est là ?

Un amoureux fou vint frapper à la porte
de sa bien-aimée.
Elle demanda derrière la porte :
– Qui est là ?
Il répondit :
– C'est moi !
Elle dit :
– Il n'y a pas de place pour toi et moi
dans la même maison.
Alors il s'en alla méditer dans le désert
et, des années plus tard, il revint frapper
à la porte.
La voix de sa bien-aimée demanda :
– Qui est là ?
Il répondit :
– C'est toi-même.
Et la porte s'ouvrit.

D'après le poète et philosophe mystique arabo-andalou Ibn' Arabi (1165-1240)

Dans l'atelier du philosophe

Ce texte nous présente l'amour comme une fusion entre deux êtres, au point que l'un et l'autre ne font qu'un. Est-ce la bonne façon d'aimer ? Doit-on s'oublier soi-même complètement pour « entrer en amour » ?

Il s'agit d'un texte écrit par un mystique. On peut donc y voir aussi le symbole de l'amour de Dieu. Selon cette parabole*, on ne serait vraiment croyant que lorsqu'on se serait confondu avec le divin. Cela vous semble-t-il possible ? Est-ce souhaitable ?

* Parabole : petit récit sous lequel se cache un enseignement et parfois même une morale.

Les riches et les pauvres

C'était la famine. Mais tout le monde ne mourait pas de faim pour autant : les riches avaient pris soin de remplir leurs greniers de blé, d'huile et de légumes secs. Khadidja dit alors à Nasreddine, son mari :

– La vie dans le village est devenue intolérable : la moitié des gens est très riche, pendant que l'autre moitié n'a pas de quoi manger. Si toi, qui es respecté de tous, tu arrivais à convaincre les premiers de partager leurs richesses, alors tout le monde vivrait heureux.

– Tu as absolument raison, femme, j'y vais de ce pas.

Nasreddine quitta la maison et
ne revint que le soir, complètement
épuisé.
– Alors, lui demande Khadidja
avec impatience, tu as réussi ?
– À moitié.
– Comment cela, à moitié ?
– Oui, j'ai réussi à convaincre
les pauvres.

Parabole de Nasreddine Hodja (figure de l'humour et de la sagesse chez les Arabes, les Turcs et les Persans depuis le XIIIe siècle)*

Dans l'atelier du philosophe

Il est effectivement plus facile de convaincre les pauvres que les riches de partager ! D'ailleurs, si les pauvres devenaient subitement riches, seraient-ils, à leur tour, plus généreux ? Et vous, qu'arrivez-vous à partager ?

* Parabole : petit récit sous lequel se cache un enseignement et parfois même une morale.

L'art de l'épée

Un jeune homme se rendit chez un maître des arts martiaux et lui demanda :

– Maître, je voudrais apprendre l'art de l'épée, combien de temps me faudra-t-il ?

– Dix ans.

– Mais c'est trop ! Je n'aurai jamais le temps…

– Alors, vingt ans.

– Mais c'est beaucoup trop !

– Alors, trente ans !

Conte zen

Dans l'atelier du philosophe

Si ce texte vante les vertus de la patience, il nous enseigne aussi quelque chose de plus subtil. Lorsqu'on désire apprendre quelque chose, l'état d'esprit dans lequel on aborde cet apprentissage est très important. Si l'on trouve le temps long avant même de commencer, ne va-t-on pas à l'échec ? Pourquoi le maître des arts martiaux rallonge-t-il la durée de l'apprentissage au fur et à mesure que le jeune homme s'offusque ? À votre avis, ce jeune homme parviendra-t-il un jour à apprendre l'art de l'épée ?

Le miroir et l'argent

Un jour, un petit enfant demanda à son père :
– Papa, c'est quoi l'argent ?
L'homme réfléchit un moment, puis il prit un morceau de verre ordinaire et le plaça devant les yeux de l'enfant.
– Regarde au travers !
À travers le verre, l'enfant pouvait voir son père, les gens qui passaient dans la rue, la circulation des voitures.
Puis le père prit de la peinture d'argent et en recouvrit toute une face du morceau de verre pour en faire le tain d'un miroir.

– À présent, regarde, dit-il.
Mais dans cette glace, l'enfant ne pouvait voir que son propre visage.
– Voilà le danger de l'argent, ajouta son père. Il te conduit à ne voir que toi-même.

Conte juif

Dans l'atelier du philosophe

Le message du conte est clair : la richesse conduit à l'égoïsme. Elle nous pousse à ne plus voir les autres pour ne nous intéresser qu'à nous-même. Mais n'y a-t-il que les riches qui soient égoïstes ?

Le roi boiteux

Il était une fois un roi qui était boiteux. Aussi, pour se faire bien voir, les courtisans ne s'approchaient de lui qu'en boitant.
Et dans le palais, de l'antichambre à l'office, tout le monde boitait.
Or, il advint qu'un jour un gentilhomme, sans doute pas encore bien au fait des coutumes de la cour, oublia sa claudication.
Il passa devant le roi, aussi raide qu'un peuplier.
Dans la grande salle du trône, des hallebardiers aux courtisans, tout le monde riait sous cape ; sauf le roi, qui murmura à l'imprudent :

– Monsieur, qu'est-ce à dire ? Je crois que vous ne boitez pas !
– Sire, répondit le gentilhomme, vous vous trompez, croyez-le bien. J'ai les pieds couverts de cors. Et si je marche plus droit qu'un autre, c'est que je boite des deux pieds.

D'après le poète et chansonnier français Gustave Nadaud (1820-1893)

Dans l'atelier du philosophe

Dans tous les pays du monde, les courtisans se conforment aux usages du souverain : s'il aime le vin, il faut en boire ; s'il croit en Dieu, il faut se montrer religieux !

Mais est-il besoin d'aller dans les palais pour trouver des exemples de flatterie ou d'hypocrisie ? Qu'en est-il des écoles, des collèges et même des bandes de copains ?

Les deux sandales

En Inde, les trains sont toujours bondés. Un jour, un passager qui était assis sur le toit même du wagon perdit l'une de ses sandales, qui tomba à l'extérieur. Aussitôt, il saisit sa deuxième sandale et la jeta le long de la voie. L'un des passagers assis à côté de lui s'en étonna. L'homme lui répondit :

– Je n'ai que faire d'une seule sandale. Et si quelqu'un trouve celle qui est tombée, elle ne lui sera pas davantage utile. Autant trouver la paire !

Histoire indienne contemporaine rapportée par l'écrivain français Jean-Claude Carrière

Dans l'atelier du philosophe

Si nous ressentons du désagrément à cause d'un fait qui nous arrive, l'idée de savoir que quelqu'un d'autre en retirera du bien ou du profit peut alléger notre peine. En avez-vous déjà fait l'expérience ? Lorsque vous jouez à un jeu, vous est-il, par exemple, arrivé de perdre et d'être heureux de la joie de votre adversaire ? N'est-ce pas finalement une bonne façon d'éprouver du bonheur en toute occasion ?

L'anneau de Gygès

Gygès était un berger qui avait trouvé sur le corps d'un homme mort une mystérieuse bague. Or, un jour qu'il était convoqué par le roi en compagnie de tous les autres bergers, il joua avec sa bague et en tourna machinalement le chaton. Quelle ne fut pas sa surprise de constater que ce simple geste le rendait invisible ! Les autres bergers parlaient de lui comme s'il était absent, et personne ne remarquait sa présence. Il tourna de nouveau le chaton et réapparut aux yeux de tous.

Les jours suivants, il renouvela l'expérience et fut alors convaincu du pouvoir magique de sa bague. Aussitôt, de noirs desseins lui vinrent en tête. Il se mit à envier le roi et ses richesses. Il retourna au palais où il fit en sorte de séduire la reine. Puis, profitant de son invisibilité, il tua le roi et s'empara du trône.

Légende grecque racontée par Platon (IVe siècle avant notre ère) dans La République

Dans l'atelier du philosophe

Platon, le philosophe qui raconte cette histoire, nous pose la question : « Si nous possédions l'anneau de Gygès et étions sûrs de ne jamais être punis, en profiterions-nous pour voler, tuer et faire tout selon notre bon vouloir ? »

Autrement dit, est-ce que nous évitons de faire le mal parce que nous pensons que c'est mal, ou est-ce par crainte des punitions, du châtiment ?

L'œil de l'hippopotame

Un hippopotame traversait un marigot lorsque, soudain, l'un de ses yeux se détacha et tomba au fond de l'eau. L'hippopotame se mit alors à chercher de tous côtés. Il tournait et retournait sur lui-même, fouillait à gauche, à droite, devant et derrière lui. Mais il ne trouvait pas trace de son œil.
En le voyant faire, les oiseaux du fleuve ne cessaient de lui crier :
– Calme-toi ! Mais calme-toi donc !
Mais l'hippopotame affolé ne les entendait pas. Il lui fallait absolument retrouver son œil perdu.
Alors les poissons et les grenouilles joignirent leurs voix à celles des oiseaux :
– Calme-toi, hippopotame ! Mais calme-toi donc !
Finalement, l'hippopotame finit par les entendre. Il s'immobilisa et les regarda.

Aussitôt, la vase et la boue qu'il soulevait en pataugeant se posèrent au fond du marigot. Et entre ses pattes, dans l'eau redevenue claire, l'hippopotame aperçut son œil. Il le ramassa et le remit à sa place.

Conte africain

Dans l'atelier du philosophe

Tant que l'on est sous l'emprise de la peur, de l'angoisse ou de l'inquiétude, nos sens sont brouillés, on ne peut rien faire de bon. Sans doute en avez-vous déjà fait l'expérience ! Comment surmonter ces moments de panique et d'affolement ?

L'éducation d'un sage

Un vieux sage avait un fils qui ne voulait pas sortir de sa maison, car il était complexé par son physique. Il craignait que l'on se moque de lui. Son père lui expliqua alors qu'il ne fallait jamais écouter les gens et qu'il allait lui en donner la preuve.
– Demain, lui dit-il, tu viendras avec moi au marché !
Tôt de bon matin, ils quittèrent la maison, le vieux sage sur le dos de l'âne et son fils marchant à ses côtés.
Quand ils arrivèrent sur la place, des marchands ne purent s'empêcher de murmurer :
– Regardez cet homme. Il n'a aucune pitié ! Il se repose sur le dos de l'âne et laisse son pauvre fils à pied.
Le sage dit à son fils :
– Tu as bien entendu ? Demain, tu viendras avec moi au marché !

Le deuxième jour, le sage et son fils firent le contraire : le garçon monta sur le dos de l'âne et le vieil homme marcha à ses côtés. À l'entrée de la place, les mêmes marchands étaient là :
– Regardez cet enfant qui n'a aucune éducation, dirent-ils. Il est tranquille sur le dos de l'âne, alors que son pauvre père doit se traîner dans la poussière. Si ce n'est pas malheureux de voir pareil spectacle !
– Tu as bien entendu ? dit le père à son fils. Demain, tu viendras avec moi au marché !
Le troisième jour, ils partirent à pied en tirant l'âne derrière eux au bout d'une corde.
– Regardez ces deux imbéciles, se moquèrent les marchands. Ils marchent à pied comme s'ils ne savaient pas que les ânes sont faits pour être montés.
– Tu as bien entendu ? dit le sage. Demain, tu viendras avec moi au marché !
Le quatrième jour, lorsqu'ils quittèrent la maison, ils étaient tous les deux juchés sur le dos de l'âne. À l'entrée de la place, les marchands laissèrent éclater leur indignation :
– Quelle honte ! Regardez ces deux-là ! Ils n'ont aucune pitié pour cette pauvre bête.

Le cinquième jour, ils arrivèrent au marché en portant l'âne sur leurs épaules.
Mais les marchands éclatèrent de rire :
– Regardez ces deux fous qui portent leur âne au lieu de le monter !
Aussi le sage conclut-il :
– Mon fils, tu as bien entendu, quoi que tu fasses dans la vie, les gens trouvent toujours à critiquer. C'est pourquoi tu ne dois pas te soucier de leurs opinions : fais ce que bon te semble et passe ton chemin.

D'après un conte persan

Dans l'atelier du philosophe

Nous sommes trop souvent prisonniers de l'opinion des autres. « Que vont-ils dire de moi si je prends la parole en classe ? Que vont-ils penser si je porte tel ou tel vêtement ? » Or, exister, c'est trouver son propre chemin. Si vous n'êtes pas vous-même, qui le sera à votre place ? Est-ce que cela ne vaut pas le coup de risquer parfois quelques critiques pour s'affirmer soi-même ?

Pauvres et riches

Il était une fois un pays où il n'y avait pas de gens riches. On n'y voyait pas de princesses vêtues d'hermine et de brocart. On n'y voyait pas non plus d'opulents marchands conduisant des attelages somptueux. Ni même de jeunes désœuvrés cherchant comment dépenser un argent qui brûle les doigts... Non, rien de tout cela.
C'était un triste pays, allez-vous me dire. Je ne sais pas. Car dans ce pays il n'y avait pas non plus de gens pauvres.

Histoire inédite de Michel Piquemal

Dans l'atelier du philosophe

« Si tu possèdes le superflu, raconte un vieux proverbe, c'est que d'autres n'ont pas le nécessaire. » La richesse se nourrit de la pauvreté. Les riches seraient-ils donc les voleurs des pauvres ? Comment pourrait-on parvenir à plus de partage et d'égalité ?

La tombe du paysan

Un roi voulait récompenser l'un de ses paysans qui lui avait sauvé la vie. Il lui offrit toute la terre qu'il pourrait parcourir depuis le lever du soleil jusqu'à son coucher.

Aussi, dès l'aube, l'homme se mit à courir, traversant les champs sans se soucier ni de la chaleur, ni de la faim, ni de la soif, accélérant au contraire sa course à mesure que le soleil déclinait. Et quand l'astre du jour en fut à ses ultimes rayons, il doubla encore ses enjambées pour gagner quelques arpents de terre en plus. Puis, à la dernière lueur

du globe de feu disparaissant à l'horizon, il s'abattit sur le sol, étendant encore ses mains crispées pour ne pas perdre une motte de la précieuse terre...
Hélas ! il ne se releva pas. Sa course l'avait tué.
À ce moment-là, passait justement un riche religieux. Il se pencha sur le cadavre et lui dit :
– Ô paysan, pourquoi désirer tant d'arpents, quand, pour ton repos éternel, six pieds de terre te suffisent ?

Conte bulgare

Dans l'atelier du philosophe

Voilà un texte (un de plus pourrait-on dire !) sur le désir insatiable des hommes... Mais au fond, n'est-il pas logique que ce paysan qui n'a rien veuille beaucoup de terre ? N'est-ce pas plutôt le roi, qui a tout, qui devrait être blamé de n'avoir pas donné plus simplement une partie de ses biens ? À votre avis, celui qui a inventé ce conte est-il du côté du roi ou des paysans ?

Les voyageurs sous le platane

Un jour qu'ils marchaient en plein soleil de midi sur une route écrasée de lumière, des voyageurs se mirent en quête d'un coin tranquille pour se reposer. Ils aperçurent un platane et coururent sans tarder profiter de la fraîcheur de son ombre. Ils étaient étendus sous son feuillage et devisaient de tout et de rien, lorsque l'un d'eux, levant les yeux vers l'arbre, s'écria :
– Cet arbre ne sert vraiment à rien. Il ne porte jamais de fruits !
Il y eut un instant de silence, puis le platane répliqua :
– Ingrats que vous êtes ! Vous osez me dire inutile alors que vous profitez de mon ombre !

Il en est de même des hommes : certains sont si déshérités que, même lorsqu'ils rendent service, ils ne persuadent personne de leur utilité.

D'après le fabuliste grec Ésope (VIe siècle)

Dans l'atelier du philosophe

Gardons-nous de qualifier quelque chose ou quelqu'un d'inutile ! Qui sait si l'avenir ne nous le rendra pas précieux ! Emerson, un philosophe américain (1803-1882) a écrit : « Une mauvaise herbe est une plante dont on n'a pas encore trouvé les vertus. » Vous sentez-vous vous-même parfois inutile ? Auquel cas, dites-vous que vous êtes sans nul doute comme cette herbe aux pouvoirs encore inconnus !

La société actuelle ne crée-t-elle pas ce sentiment d'inutilité chez certains : les chômeurs, les malades, les handicapés, les jeunes, les personnes âgées... ? Comment combattre cela ?

Le bol du mendiant

Sur le trajet de sa promenade du matin, un roi rencontra un mendiant. Comme il était de bonne humeur, il dit à celui-ci :

– Demande-moi ce que tu voudras et je te l'obtiendrai !

Le mendiant sourit.

– Réfléchis à deux fois avant de faire pareille proposition. Qui te dit que tu peux combler les désirs d'un homme ?

Vexé, le roi rétorqua :

– Je suis le souverain de ce royaume. Que pourrais-tu bien me demander que je ne puisse t'obtenir ?

– C'est très simple, remplis mon bol !

Aussitôt, le roi appela ses serviteurs et leur ordonna de remplir le bol du mendiant de pièces d'or.

Mais, au grand étonnement de tous, au fur et à mesure qu'ils les versaient, les pièces disparaissaient au fond du récipient.

La nouvelle se répandit alors comme une traînée de poudre : le roi ne parvenait même pas à remplir le bol d'un va-nu-pieds.

Aussi le roi fit-il appeler ses vizirs :

– Même si je dois y perdre toute ma fortune, je ne peux accepter d'être ridiculisé par ce mendiant.

Et l'on versa dans le bol tout ce qu'on pouvait trouver de plus précieux : argent, perles, saphirs, diamants, émeraudes… Mais le soir venu le bol était toujours vide, et une grande foule silencieuse s'était formée autour du mendiant.

Alors le roi lava son cœur de toute volonté de puissance et se prosterna devant le va-nu-pieds :
– Tu as gagné, lui dit-il, mais explique-moi au moins de quoi est fait ce bol magique.
– Ce bol est un crâne humain, lui répondit le mendiant. Il est fait de tous les désirs de l'homme, toujours insatisfait et insatiable. C'est pourquoi il est toujours vide.

Parabole soufie*

* Parabole : petit récit sous lequel se cache un enseignement et parfois même une morale.

Dans l'atelier du philosophe

Selon le soufisme, comme selon le bouddhisme, il faut se détacher des désirs qui cachent l'essentiel, c'est-à-dire, se rapprocher de Dieu. Tout le reste n'est qu'une vaine agitation. Mais si l'on pense que Dieu n'existe pas, qu'est-ce qui, alors, devient le principal, l'essentiel ?

Antigone

Dans les temps anciens, une terrible guerre civile ravagea la ville de Thèbes. Lorsqu'elle fut terminée, le roi Créon ordonna de laisser le corps d'un guerrier, Polynice, sans sépulture, car il avait pris les armes contre sa patrie. Or, Antigone, sa sœur, brava cet interdit et fut arrêtée au moment où elle enterrait Polynice. On la conduisit donc devant le roi Créon qui lui demanda si elle était au courant de la loi interdisant l'enterrement, et si elle savait qu'elle risquait la mort.

– Je le savais, répliqua Antigone. Mais il ne s'agissait que d'une loi humaine. Il existe des lois plus importantes, celles qui sont au fond de nos cœurs. Toutes mes pensées et mon amour me commandaient d'ensevelir le corps de mon frère. Face à ces lois, la loi humaine ne pesait guère… comme ne pèse guère le fait que je doive en mourir. Je préfère périr pour cela, plutôt que d'être à jamais désespérée d'avoir laissé le corps de mon frère sans sépulture.

D'après la pièce du poète tragique grec
Sophocle (Ve siècle avant notre ère)

Dans l'atelier du philosophe

Ce texte pose le problème de la justice humaine. Sans les lois, il n'y a pas de vie commune possible. C'est pourquoi il faut y obéir. Mais si les lois sont injustes et si notre conscience nous demande de passer outre, est-ce criminel ou légitime de désobéir ?

Bucéphale et Alexandre

Bucéphale était un cheval d'une très grande beauté, mais aucun cavalier ne pouvait le monter. Il était terriblement nerveux, ruait, se cabrait et finissait par désarçonner le cavalier imprudent. Aussi, tous disaient de lui que c'était un cheval méchant et agressif.
Mais lorsqu'on amena Bucéphale à Alexandre le Grand, celui-ci se garda bien de porter semblable jugement. Il examina longtemps l'attitude de la bête et découvrit qu'elle avait tout simplement peur de son ombre.
Il tourna donc la tête de Bucéphale vers le soleil et, en la maintenant dans cette direction, il put rassurer, fatiguer... et bientôt monter le cheval.

Histoire antique racontée par le philosophe français Alain (1868-1951), dans Propos sur le bonheur

Dans l'atelier du philosophe

La peur, chez les hommes comme chez les bêtes, déclenche souvent l'agressivité. Quand on a peur, on n'agit pas avec raison. On n'écoute que les battements de son cœur et les vagues de son sang.

Lorsqu'un homme est violent, doit-on automatiquement en déduire qu'il est méchant et lui renvoyer cette image ? Ne devrions-nous pas plutôt chercher ce qui le blesse ?

La vache sur son île

Il était une fois une vache qui vivait sur une île couverte d'une belle herbe grasse et verdoyante. Toute la journée, jusqu'au crépuscule, elle y paissait et engraissait.
Mais lorsqu'arrivait la nuit noire, elle ne voyait plus les prés couverts d'herbe verte ; et elle commençait à s'inquiéter. Que mangerait-elle demain ? Elle allait sans nul doute mourir de faim. Et cette inquiétude la faisait maigrir à vue d'œil.

À l'aube, lorsque le jour se levait, elle se remettait à manger de plus belle et à engraisser. Mais lorsque la nuit revenait, la même angoisse la reprenait, la rendant toute maigre et efflanquée.

D'après un conte du poète mystique persan Rûmi (1207-1273), fondateur de l'ordre des derviches tourneurs

Dans l'atelier du philosophe

Ne sommes-nous pas tous comme cette vache ? L'inquiétude du lendemain nous ronge et nous attriste. Vivons donc plutôt au présent et profitons des bienfaits de la vie.

Mais l'angoisse ne fait-elle pas aussi partie intégrante de la condition humaine ? N'est-elle pas, comme le stress qu'elle engendre, un moteur de vie ? Comment trouver un équilibre entre une insouciance folle et une angoisse qui empêche de vivre ?

Le peintre et les souris

À la cour de l'empereur de Chine, un peintre se montra un jour arrogant envers le monarque. Pour son impudence, celui-ci le condamna à être pendu par les deux gros orteils jusqu'à ce que mort s'ensuive. Mais l'artiste demanda comme ultime faveur de n'être pendu que par un seul orteil. Convaincu que cela ne ferait que rendre sa mort plus atroce, l'empereur accéda à sa demande, et toute la cour se retira, ne souhaitant pas assister à une agonie qui risquait d'être interminable.

Resté seul, pendu la tête en bas et les mains attachées, le peintre réussit tout de même à atteindre le sol avec son orteil libre. Puis, du bout de son ongle, il se mit à dessiner dans le sable au-dessous de lui des petites souris. Il s'y appliqua tant, il les fit si ressemblantes que les souris couleur de sable grimpèrent le long de sa jambe et atteignirent la corde. Elles la rongèrent patiemment jusqu'à la rompre. Alors le peintre embrassa leurs moustaches et s'éloigna tranquillement vers sa liberté.

Conte chinois

Dans l'atelier du philosophe

Si l'on en croit ce conte, l'art serait un moyen d'échapper à la réalité… et notamment à la réalité difficile et insupportable. La magie de la création serait la porte de sortie de l'écrivain, du musicien ou du peintre. On ne pourrait donc jamais enfermer la liberté d'un artiste. Mais les artistes et les créateurs sont-ils vraiment toujours libres ? Et à nous, simples spectateurs de leurs créations, que nous apporte cette liberté ?

Le maître du jardin

Il y a fort longtemps, en Arménie, un roi possédait un rosier qu'il faisait choyer comme le plus précieux de ses enfants. Car on prétendait que si sur ses maigres branches une rose fleurissait, elle donnerait l'immortalité au maître du jardin.
Dès qu'arrivait le printemps, le roi venait chaque matin dans le jardin. Il examinait le rosier attentivement, cherchant désespérément le bourgeon qui le rendrait immortel. Et comme il n'en trouvait pas la moindre trace, il se fâchait contre son jardinier, qu'il finissait par chasser.
Les années passaient et les plus grands experts s'étaient relayés sans succès au chevet du rosier, lorsqu'arriva un tout jeune homme.
– Seigneur, dit-il au roi, j'aime les roses par-dessus tout, je souhaite tenter ma chance.
Le roi s'apprêtait à le congédier, mais devant l'assurance et la détermination du jeune homme, il lui ouvrit les portes du jardin.
À compter de ce jour, le garçon ne vécut plus que pour son rosier. Il bêchait tendrement la terre autour de son pied. Il l'arrosait goutte à goutte.

Il demeurait près de lui nuit et jour. Il le protégeait du vent et, aux premières gelées, il l'habillait de paille. Il n'avait d'yeux et de souffle que pour lui. Dans sa folie d'amour, il finit même par lui parler :
– Rosier, où as-tu mal ?
À peine eut-il prononcé ces mots qu'un ver noir et luisant sortit des racines. Il allait le saisir, mais une hirondelle qui passait, le happa et l'emporta.
Alors un bourgeon vint sur le rosier. Et au petit matin, quand le jeune homme le caressa, une rose s'ouvrit.
Fou de joie, le garçon courut annoncer au roi la nouvelle.
– Me voilà immortel, me voilà immortel ! s'écria le monarque.
Il couvrit son jardinier de cadeaux et lui confia à tout jamais les soins de la rose.

Dix années passèrent et, un soir d'hiver, le vieux roi rendit son dernier souffle :
– Finalement, se dit-il, tout cela n'était que légende. Le maître du jardin meurt, comme tout le monde.
– Non, lui murmura le jardinier agenouillé près de lui. Le maître du jardin, ce ne fut jamais vous, mais celui qui a veillé et veille encore.
Il ferma les paupières du roi et sortit, souriant, sous les étoiles. Il avait le temps, désormais, tout son temps !

D'après un conte arménien

Dans l'atelier du philosophe

Ce vieux conte arménien bouscule bien des traditions, car il semble dire que les choses n'appartiennent pas à ceux qui les possèdent mais à ceux qui s'en occupent. De là à dire que la terre appartient à ceux qui la travaillent, il n'y a qu'un pas, que franchiront, au XIXe siècle, les ouvriers et les paysans en révolte. Pour quel résultat ? À qui appartiennent encore aujourd'hui les moyens de production (la terre, les usines, les machines…) ?

Par ailleurs, ce conte donne l'éternité en récompense au jardinier. Mais est-ce vraiment quelque chose que l'on peut souhaiter ? Aimeriez-vous être éternel, sans jamais avoir la possibilité d'arrêter le cours de votre vie ?

Tire la corde !

Un jeune étudiant, qui rêvait de devenir le plus savant des hommes, entendit un jour parler d'un vieux sage qui vivait aux confins du royaume. Il était, paraît-il, le plus savant de tous et n'en continuait pas moins à pratiquer son métier de forgeron. Cela troubla tant le jeune homme qu'il se mit aussitôt en chemin. Emportant son bâton de pèlerin, il quitta parents et amis pour rejoindre la ville du grand sage.
Son voyage dura des mois et lui enseigna sans doute plus de choses qu'il n'en avait appris dans les livres. Lorsqu'il trouva enfin l'étroite boutique, il se jeta aux pieds du vieil homme.

– Que désires-tu, mon fils ? demanda le forgeron.
– Apprendre de toi la sagesse.
Pour toute réponse, le forgeron lui tendit la corde qui actionnait le soufflet de la forge et lui dit :
– Tire la corde.
Et, du matin au soir, le jeune homme tira la corde. Les jours suivants, il tira la corde. Des semaines. Des mois.
Au bout d'un an, il osa demander :
– Maître, je voudrais apprendre...
– Tire la corde, ordonna le forgeron en poursuivant son travail.
De nouveaux mois passèrent. Le jeune homme n'osait plus questionner.
Mais, au bout de cinq ans, ce fut le maître qui lui adressa la parole :
– Mon fils, tu peux désormais retourner chez les tiens.
– Mais maître, répliqua son disciple, je veux apprendre. Enseignez-moi !
– Alors, tire la corde, répondit le forgeron.
Et il se remit au travail.
Cinq nouvelles années passèrent, cinq années de silence et de dur labeur.
Le disciple semblait avoir oublié la raison de sa venue. Ce fut le maître qui revint lui parler :

– Mon fils, tu peux à présent retourner chez les tiens. Toute la sagesse du monde est en toi. Je t'ai enseigné la patience.
Et il se remit au travail.
Le disciple boucla son baluchon et il reprit le chemin de son village, le sourire aux lèvres.

Conte du Moyen-Orient

Dans l'atelier du philosophe

Rien de grand ne se fait sans temps ni peine. La patience serait donc la qualité suprême. Combien de journées passées à jouer du piano avant de devenir un grand pianiste ? Combien d'heures d'entraînement pour monter un numéro de cirque ou battre le record du cent mètres ?

Mais n'y a-t-il pas parfois aussi, dans certaines patiences, de la résignation, de la démission et même de la lâcheté ?

Salomon et la fourmi amoureuse

Le grand roi Salomon se promenait, dit-on, en un lieu retiré, lorsqu'il passa devant une fourmilière. Aussitôt toutes les fourmis vinrent par millier pour le saluer et l'assurer de leur soumission. Cependant, l'une d'entre elles l'ignora, car elle était occupée à déplacer grain par grain un énorme monticule de sable qui se trouvait devant elle. Rempli d'étonnement, Salomon la fit appeler et lui dit :

– Ô petite fourmi, jamais tu ne pourras faire disparaître cette montagne de sable.
La tâche que tu as entreprise n'est pas à la hauteur de tes forces.

La fourmi lui fit une révérence, mais répliqua :

– Ô grand roi, ne t'arrête pas à ma taille. Seuls comptent mon ardeur et mon amour. Une fourmi m'a prise au piège de sa beauté, puis est partie en me disant : « Si tu détruis ce tas de sable, je ferai disparaître l'obstacle qui nous sépare. »

Aussi m'appliquerai-je à cette tâche jusqu'à mon dernier souffle. Et si je dois perdre la vie, au moins je mourrai dans l'espoir de la rejoindre. Ô roi, apprends d'une misérable fourmi ce qu'est la force de l'amour, apprends d'un aveugle le secret de la vision…

D'après une parabole du poète persan Attar (1150-1220)*

* Parabole : petit récit sous lequel se cache un enseignement et parfois même une morale.

Dans l'atelier du philosophe

Nous sommes tous semblables à cette fourmi, aussi misérables, aussi minuscules. Mais si nous sommes animés d'un grand dessein, d'un bel idéal ou d'un grand amour, nous pouvons déplacer des montagnes. Cette parabole semble ajouter que ce n'est pas le but qui est important, mais l'espoir, la quête (qu'elle soit amoureuse, politique, artistique ou divine). Quelle est votre propre quête ? Quelles montagnes aimeriez-vous déplacer ? Avez-vous déjà commencé ?

La maison qui ne sert à rien

Un pauvre mendiant frappa un jour à la porte d'une maison pour implorer l'aumône d'un bout de pain. Mais le maître des lieux le reçut avec agressivité :
– Comment veux-tu que je te trouve du pain ? Tu prends donc ma maison pour une boulangerie ?
– Alors, fais-moi don d'un peu de gras de viande.
– Que je sache, il n'y a pas devant ma porte une enseigne indiquant boucherie.
– Donne-moi au moins une poignée de farine.
– Où vois-tu donc les ailes d'un moulin ?
– Alors, un simple verre d'eau.
– Ce n'est pas non plus une rivière, ici.
Alors le mendiant baissa son pantalon et fit tranquillement ses besoins sur le pas de la porte.
– Mais que fais-tu là ? hurla le maître de maison, scandalisé.
– S'il n'y a ici rien à boire ni rien à manger, comment quelqu'un pourrait-il y vivre ? J'en déduis qu'il s'agit d'une ruine, propre à servir de fosse d'aisance !

Conte du poète mystique persan Rûmi (1207-1273), fondateur de l'ordre des derviches tourneurs

Dans l'atelier du philosophe

Voilà qui est bien envoyé ! Que mérite donc celui qui est incapable de charité et de partage ? Est-il même seulement digne du nom d'être humain ?

Le désespoir des lièvres

Un jour, les lièvres furent lassés de vivre sans cesse aux aguets et dans la crainte. Ils se réunirent en une grande assemblée et tinrent conseil. « Ce n'est pas une vie ! se dirent-ils. Il n'y a pas au monde d'animal aussi peureux que nous. Le souffle du vent, la chute d'une feuille nous font battre le cœur et détaler. Nous vivons dans une perpétuelle angoisse. Nous sommes vraiment les animaux les plus malheureux de la création. Autant mourir plutôt que de continuer ainsi ! » Et la décision fut prise de manière solennelle : dès le lendemain, tout le peuple des lièvres irait se jeter dans la rivière.

Lorsqu'un nouveau jour se leva, les lièvres descendirent donc vers la plaine en une longue file indienne. Mais alors qu'ils approchaient du fleuve, le peuple des grenouilles, qui se chauffait sur la rive, fut effrayé par le battement de pattes de cette troupe en marche. Et en une multitude de petits plouf, elles sautèrent se cacher au fond de l'eau.
Alors les lièvres virent qu'il existait sur la terre des animaux plus peureux qu'eux. La vie leur parut soudain digne d'être vécue. Et plutôt que de se jeter à l'eau, ils retournèrent grignoter l'herbe des collines.

Conte d'Anatolie (région de l'actuelle Turquie)

Dans l'atelier du philosophe

Que toute vie mérite d'être vécue semble une évidence. Mais le fait que l'on puisse trouver plus peureux ou plus malheureux que soi vous semble-t-il un argument valable pour la justifier ?

Dans les pires situations, n'y a-t-il pas toujours une force de vie qui nous permet de tenir et de continuer ? D'où vient cette force-là ? Comment l'entretient-on ?

Les oreilles du roi Midas

On raconte que le roi Midas, qui n'y connaissait pourtant pas grand-chose en musique, eut un jour le malheur de déclarer que le sylène Marsyas était meilleur musicien qu'Apollon. Ce dernier étant le dieu des Arts, sa colère fut immédiate. Pour punir Midas, il lui tira les oreilles jusqu'à en faire des oreilles d'âne.
– Ainsi, lui dit-il, à l'avenir tu auras l'ouïe plus fine !

Le pauvre Midas, meurtri dans son orgueil, n'eut plus pour solution que de porter toute la journée une énorme tiare* d'argent. Il réussit ainsi à grand-peine à cacher sa ridicule infirmité.
Seul son coiffeur était dans la confidence. Chaque fois qu'il venait lui couper les cheveux, il s'émerveillait devant ces longs appendices velus. Et il brûlait de dévoiler le secret. Mais Midas l'avait prévenu :
– Si tu parles, tu es mort !
Ce genre de secret est bien lourd à porter. Le coiffeur résista un jour, deux jours, trois jours… Mais au matin

du quatrième jour, il n'y tint plus. Il courut comme un fou hors du palais, alla jusqu'au bord du fleuve, y creusa un trou et murmura :
– Le roi Midas a des oreilles d'âne !
Et, soulagé, il put reboucher le trou et retourner enfin au palais.
Hélas, un bouquet de roseaux vint à pousser sur la rive. Et lorsque le vent les agitait, les roseaux murmuraient :
– Le roi Midas a des oreilles d'âne... Le roi Midas a des oreilles d'âne...
Une lavandière vint à passer... et le secret s'envola avec elle.

D'après le poète latin Ovide (Ier siècle avant notre ère), Les Métamorphoses

Dans l'atelier du philosophe

Ce mythe antique nous enseigne qu'il n'y a pas de vérité qui puisse être longtemps cachée. Cela prend des mois ou des années, mais la vérité finit toujours par se faire jour. Cela vous semble-t-il exact ? En avez-vous des exemples précis ? Secrets de famille, secrets d'État... Par ailleurs, est-il toujours bénéfique qu'ils soient dévoilés ?

* Tiare : coiffure de forme conique portée par certains dignitaires, dans l'Orient antique.

Le sage et la chatte voleuse

Un sage avait dans son monastère une chatte qu'il aimait beaucoup. Lorsqu'il priait, elle restait près de lui sur son tapis de prière. Le reste du temps, elle se promenait dans le monastère, où chacun la connaissait. Elle allait même dans les cuisines, mais jamais elle n'y dérobait la moindre nourriture.

Or, une nuit, elle se rendit près des fourneaux et vola un morceau de viande dans une casserole. Le domestique s'en aperçut et lui tira les oreilles. Vexée, elle resta à bouder dans un coin.

Lorsque le sage apprit la nouvelle, il se rendit auprès de la chatte et lui demanda :

– Pourquoi as-tu fait une chose pareille ?

Elle sortit alors dans le jardin et ramena entre ses dents trois petits chatons. Puis, en fixant le domestique d'un air mécontent, elle alla s'installer sur une branche.

Le sage expliqua au domestique :

– Prendre ce morceau de viande était pour elle une nécessité car elle devait nourrir ses petits. Lorsqu'on est dans le besoin, ce qui est interdit peut devenir légitime. Ta punition l'a beaucoup troublée.

Elle s'est perchée sur cette branche parce qu'elle est fâchée contre toi. Demande-lui pardon et sa colère passera.

Mais le domestique eut beau quitter son turban et implorer, la chatte restait hautaine. Il fallut que le sage ajoute ses prières aux siennes pour qu'elle descende de sa branche et vienne se rouler aux pieds de son maître.

D'après le poète mystique persan, Attar (1150-1220)

Dans l'atelier du philosophe

Il y a quelques années, en France, une mère de famille en détresse avait été citée en justice parce qu'elle avait volé pour nourrir ses enfants. La juge qui avait été saisie de l'affaire l'acquitta, et cela fit grand bruit. Pensez-vous, comme le sage du monastère, que voler par nécessité absolue n'est pas punissable ? Quelles seraient les limites à cette tolérance ?

L'éléphant de Bagdad

Des voyageurs venant d'Inde avaient amené un éléphant à Bagdad, et l'on avait parqué la bête dans une étable obscure. La population, désireuse de savoir à quoi ressemblait un tel animal, se précipita dans l'étable. Ne pouvant le voir avec leurs yeux, les visiteurs tâtèrent l'animal avec leurs mains.
L'un d'eux toucha la trompe et dit :
– Cet animal ressemble à un très gros tuyau !
Un autre qui lui touchait les oreilles s'écria :
– On dirait plutôt un grand éventail !
Un troisième qui lui caressait une patte s'exclama :
– Mais non, ce qu'on appelle éléphant est semblable à une grosse colonne !
Et chacun d'eux décrivait l'éléphant à sa manière, suivant la partie du corps qu'il touchait.
Mais s'ils avaient eu une chandelle, leurs avis n'auraient sans doute pas concordé pour autant. Car nos yeux nous trompent aussi souvent que le bout de nos doigts...

D'après le poète mystique persan Rûmi (1207-1273), fondateur de l'ordre des derviches tourneurs

Dans l'atelier du philosophe

Tout ce que nous savons du monde, c'est à la perception de nos sens que nous le devons. La question s'est donc posée pour les philosophes : et si nos sens étaient imparfaits, voire trompeurs ? Ainsi, les découvertes scientifiques sur l'infiniment grand et l'infiniment petit prouvent que nous ne pouvons pas faire confiance à nos yeux. Un télescope, un simple microscope nous font accéder à d'autres réalités inconnues. Serions-nous donc pareils à des aveugles, comme les visiteurs de cette fable ? Dans sa célèbre allégorie de la Caverne *(La République)*, le philosophe grec Platon développe cette idée. Pour lui, les hommes sont comme enchaînés face aux parois d'une caverne et ils ne voient du monde que l'ombre portée par un feu dans leur dos…

Le savant et le passeur

Une rivière était si large qu'il n'y avait pas de pont pour la traverser. Aussi un passeur s'était-il installé sur ses rives. Contre quelques misérables piécettes, il faisait traverser les voyageurs.
Or il advint qu'un grand lettré, encombré de livres et de dictionnaires, eut à utiliser ses services. Au moment où il montait dans la barque, le passeur lui souhaita la bienvenue et parla avec lui de choses et d'autres.
Le savant se rendit compte qu'il n'avait pas beaucoup d'érudition et ne maîtrisait pas bien la grammaire.

– Dis-moi, mon ami, lui demanda-t-il, as-tu jamais été à l'école ?
– Non, lui répondit le passeur, en continuant à ramer.
– Alors, mon ami, tu as perdu la moitié de ta vie.
Le passeur en fut blessé, mais il garda le silence.
Lorsque la barque fut au milieu du fleuve, un courant rapide la renversa, et les deux hommes se retrouvèrent à l'eau, assez loin l'un de l'autre.
Le passeur vit que le savant se débattait pour ne pas se noyer.
Il lui cria :
– Est-ce que tu as appris à nager, maître ?
– Non, répondit le savant, en continuant à se débattre.
– Alors, mon ami, tu as perdu toute ta vie.

Conte du Moyen-Orient

Dans l'atelier du philosophe

Ceux qui n'ont pas fait d'études subissent souvent la moquerie, le mépris des gens cultivés. Ce conte est leur revanche ! N'y a-t-il pas en effet nombre de savoirs que l'on n'apprend pas sur les bancs de l'école ?

Les avertissements de la mort

Un jeune homme revenait des champs, lorsqu'il aperçut la Mort, avec sa faux sur l'épaule. Effrayé, il lui demanda :
– Mais que me veux-tu ? Je suis encore jeune. Pourquoi viens-tu me chercher sans me prévenir ?
– Rassure-toi, lui dit la Mort. Ce n'est pas toi que je viens prendre, mais ton voisin à la barbe blanche. Je ne viendrai pas te chercher sans t'avoir prévenu.
Soulagé, le jeune homme retourna chez lui. Le soir, il alla à une fête. Il y rencontra une jolie fille, elle lui plut, il l'épousa, et ils firent de beaux enfants. Il mena alors une vie heureuse et insouciante. Ses enfants grandirent. Des années passèrent.
Un soir, en revenant des champs, il aperçut à nouveau la Mort. Il la salua distraitement, songeant qu'elle était sans doute en quête de quelque voisin. Mais la Mort se dirigea droit sur lui.
– Que me veux-tu ?
– Allons, tu le sais bien, je ne fais que mon travail. Je suis venue te chercher.

– Mais tu m'avais promis que tu me préviendrais avant. Tu n'as pas tenu ta promesse.
– Comment ? lui dit la Mort. Ce n'est pas une fois que je t'ai prévenu, mais cent fois ! Lorsque tu te regardais dans ton miroir, tu voyais tes cheveux blanchir, tes rides se creuser. Lorsque tu marchais sur les chemins, tu sentais ton souffle se faire plus court, tes articulations peiner. Comment peux-tu dire que je ne t'ai pas prévenu ?
Et elle le saisit par le bras pour l'emmener avec elle.

Conte d'Europe centrale

Dans l'atelier du philosophe

C'est vrai, la mort nous avertit ! À travers le vieillissement, elle nous envoie bien des signes. Devons-nous l'accepter pour autant ? N'est-il pas naturel et légitime de lutter encore et toujours contre notre « déchéance » physique ?

Certains, pourtant, ne s'inquiètent pas de leur fin qui approche et s'y préparent mentalement : d'où leur vient cette sérénité ?

Les deux branches de l'arbre

Il y a bien longtemps, sur une lande desséchée, se trouvait un arbre extraordinaire. Il était très vieux, aussi vieux, disait-on, que la Terre ; et il donnait des fruits merveilleux, dorés et luisants comme des soleils. Ces fruits faisaient ployer deux énormes branches. Hélas, personne ne pouvait profiter de ce don du ciel, car l'une des deux branches portait des fruits empoisonnés ; et l'on ignorait laquelle. Tous salivaient donc devant ces fruits offerts, mais aucun n'y touchait. Vinrent des temps de famine. Un printemps trop glacial ravagea les vergers, un été trop sec brûla la moisson. Seul le vieil arbre portait ses fruits, plus beaux que jamais. Alors les villageois se rassemblèrent autour de ses branches, l'envie au cœur. Il leur fallait choisir : risquer la mort en mangeant les mauvais fruits, ou mourir de faim en n'y touchant pas. Ils tournaient autour de l'arbre, indécis, lorsqu'un vieil homme, que plus rien ne rattachait à la vie, osa faire le geste. Il saisit un fruit d'une branche et mordit à pleines dents. Tous le regardèrent. Puis, voyant qu'il croquait et croquait encore, ils se précipitèrent pour se nourrir à leur tour. La chair des fruits était suave, elle rassasiait de la faim comme de la soif. Et, miracle ! au fur et à mesure qu'on les cueillait, d'autres fruits repoussaient.

Durant plusieurs jours, la population du village festoya en riant de sa peur passée. Dire qu'ils avaient failli mourir de faim à cause de l'autre branche empoisonnée !
À quoi bon d'ailleurs garder cette branche, aussi inutile que dangereuse ? À la nuit tombée, ils prirent une hache et la coupèrent au ras du tronc.
Hélas, lorsqu'ils revinrent le lendemain, tous les fruits étaient tombés. Ils pourrissaient sur le sol. Et l'arbre, le bel arbre aussi vieux que la Terre, était mort.

D'après un conte de l'Inde

Dans l'atelier du philosophe

Il n'y a pas toujours le bien d'un côté et le mal de l'autre. Le bien se nourrit du mal, et le mal se nourrit du bien. L'économie n'est-elle pas une forme d'avarice ? La tolérance, une forme de lâcheté ? Et ne peut-on pas dire la même chose pour tous nos défauts et nos qualités ?

L'aveugle et le paralytique

Dans une ville d'Asie, il y avait deux malheureux. L'un était aveugle, l'autre paralysé des jambes. Et tous deux étaient pauvres, si pauvres qu'ils priaient tous les jours le ciel de leur ôter la vie. À quoi bon vivre en pareilles disgrâces ?

Or il advint que l'aveugle, qui était venu mendier sur la place du marché, entendit les cris du paralytique. Ses suppliques l'émurent. Il venait enfin de trouver un frère de souffrance. Il s'assit près de lui. Ils bavardèrent, et quelques heures à peine suffirent à en faire des amis.

– J'ai mes maux et vous avez les vôtres ! Unissons-les, proposa l'aveugle. Ils seront moins affreux.

– Hélas, répondit le paralysé, je ne peux pas faire un seul pas, et vous-même, vous n'y voyez pas. À quoi servirait donc d'unir nos deux misères ?

– À quoi ? reprit l'aveugle. C'est fort simple ! À nous deux, nous possédons tout le bien nécessaire : j'ai des jambes et vous avez des yeux. Moi, je vais vous porter, et vous serez mon guide. Je marcherai pour vous, vous y verrez pour moi.
En quelques minutes, le marché fut conclu. Et ils partirent au gré des rues pour un nouveau destin, un beau sourire éclairant leurs visages.

D'après le fabuliste français Florian (1755-1794)

Dans l'atelier du philosophe

La force de l'homme, c'est l'entraide. Beaucoup de préhistoriens pensent même que c'est grâce à sa solidarité que la créature faible et désarmée qu'était l'homme a pu surpasser, voilà plusieurs millions d'années, tous les autres animaux. N'aurait-on pas tendance à l'oublier aujourd'hui ?

La solidarité n'est-elle qu'individuelle ? Ne doit-elle pas aussi exister entre les peuples ? Comment notre société, notre pays s'en préoccupent-ils à l'heure actuelle ?

L'estomac

Par une belle et froide nuit d'hiver, la lune se pavanait dans le ciel, toute ronde et éclatante. Elle disait aux étoiles qui voulaient bien l'entendre :
– Regardez comme je suis la plus grande et la plus belle, plus grande même que l'astre du jour.
Un tout petit lac, perdu au milieu des immensités, l'entendit :
– Pas du tout ! Mais pas du tout ! répliqua-t-il. Regarde-moi et tu verras qui est le plus grand !
La lune se pencha et alla se refléter dans les eaux dormantes.
– Tu vois bien que je suis le plus grand, dit le lac. Regarde, je te contiens tout entière.
Leur dispute fit grand bruit et réveilla une petite souris qui sommeillait sur la rive. Elle ouvrit l'œil, regarda la lune et le lac, et s'exclama :
– Le plus grand de tous, c'est mon œil, puisqu'il contient à la fois le lac, la lune et toutes les étoiles du ciel.

Mais un oiseau de nuit qui rôdait dans les parages aperçut la petite souris. Il plongea sur elle et l'avala.
– Moi seul sais bien qui est le plus grand de tous : c'est mon estomac… car il contient à la fois la souris, son œil, le lac, la lune et toutes les étoiles du ciel.

D'après un conte inuit

Dans l'atelier du philosophe

On pourrait croire qu'il s'agit d'un conte sur l'orgueil. Mais la chute nous alerte sur un sens bien plus profond. Ce qui est la base même de la vie, c'est l'appétit, les « besoins du ventre ». Manger et être mangé sont le lot de toutes les créatures. Aussi orgueilleux que soit l'homme, y échappe-t-il vraiment ? N'est-il pas tenu par cet incontournable besoin ?

Narcisse

On raconte que Narcisse était d'une si grande beauté que toutes les filles rêvaient de lui. Mais Narcisse avait été élevé par sa mère comme un enfant gâté. Il ne regardait aucune jeune femme et brisait tous les cœurs autour de lui.
Aussi, l'une de celles qu'il avait fait souffrir adressa aux dieux une prière :
– Que celui qui n'aime personne s'éprenne de lui-même !
Et les dieux l'exaucèrent !
Un matin qu'il marchait à travers bois, Narcisse parvint dans une clairière où il décida de se reposer. Près d'un saule, il découvrit une source. Il s'étendit pour boire et aperçut un visage si beau qu'il en tomba amoureux. Son cœur battait très fort dans sa poitrine, et il songea qu'il avait eu raison d'attendre puisqu'il avait enfin trouvé un amour digne de lui. Aveuglé par la passion, il ne comprit pas qu'il s'agissait de son propre reflet. Il lui parla, mais l'image ne répondit pas. Il approcha ses lèvres afin de l'embrasser, mais l'eau se troubla et le beau visage disparut.
Il réapparut, mais chaque fois que Narcisse approchait, l'image disparaissait à nouveau. Le jeune

homme devint comme fou. Se jugeant rejeté, il plongea son poignard dans sa poitrine en murmurant : « Adieu, mon amour ! »
Alors les dieux eurent pitié de voir disparaître à jamais le beau Narcisse. À l'endroit où son sang avait coulé, une fleur se mit à pousser, une fleur à laquelle on donna le nom de narcisse.

D'après le poète latin, Ovide (Ier siècle avant notre ère), Les Métamorphoses

Dans l'atelier du philosophe

L'amour de soi est indispensable, et l'on ne peut pas aimer les autres si l'on ne s'aime pas soi-même. Pourtant, un amour de soi excessif ne risque-t-il pas de nous aveugler et de nous faire mépriser les autres ? Tourner autour de son propre nombril peut-il rendre fou, comme dans ce récit mythologique ?

D'autre part, n'y a-t-il pas plus de bonheur à aimer qu'à être aimé ?

Le prix d'une gifle

Un jour, un pauvre se disputa avec un riche. Le ton monta et, sans plus de préambules, le riche gifla le pauvre. Celui-ci, qui ne comptait pas se laisser faire, porta l'affaire devant le juge.
Le juge écouta les deux plaignants et décida que l'homme riche donnerait en dédommagement à l'homme pauvre un bol de riz.
Alors le pauvre s'approcha du juge et lui donna une grande gifle sonore.
– Mais tu es fou ! cria le juge. Qu'est-ce qui te prend ?
– Oh, rien du tout, dit le pauvre. Juste une envie !
Je me passerai du bol de riz, vous n'avez qu'à le garder pour vous.

Conte du Moyen-Orient

Dans l'atelier du philosophe

L'injustice de la justice officielle est un thème courant dans les contes. Ici, le pauvre se venge en giflant le juge pour son injustice, son iniquité. Il met en quelque sorte le doigt (ou plutôt la main) sur le parti-pris de son jugement. Cette gifle ne vous a-t-elle pas soulagé, vous aussi ?!

Payer un bol de riz, était-ce vraiment une punition pour un homme riche ? Peut-on avec de l'argent effacer le préjudice moral d'une victime ?

Faut-il pour autant appliquer la loi du Talion « œil pour œil, dent pour dent », une gifle pour une gifle, la mise à mort pour les meurtriers ?

Le chapeau

Un soir d'hiver, un voyageur traversait une sombre forêt, lorsqu'un coup de vent emporta son chapeau. Pressé d'aller se mettre au chaud à l'auberge, il ne prit pas la peine de courir à sa recherche… et le chapeau resta coincé entre deux buissons.

Passant dans les parages quelques jours plus tard, un villageois aperçut sa drôle de forme derrière un arbre. Comme le chapeau était décoré de plumes, une petite brise le fit bouger, et le paysan, effrayé, s'éloigna d'un pas vif.

Au village, il raconta qu'il avait vu une étrange bête tapie dans les bois. Des enfants qui avaient entendu l'histoire voulurent aller jeter un coup d'œil. Mais à peine aperçurent-ils la forme qui bougeait qu'ils s'enfuirent en poussant de hauts cris. La bête avait voulu les attaquer ! La réputation de la forêt fut faite : une bête était cachée dans ses sombres taillis et s'en prenait aux voyageurs. Les gens firent désormais un détour de plusieurs kilomètres pour l'éviter… et ceux qui ne pouvaient faire autrement que la traverser mettaient leur cheval au grand galop lorsqu'ils apercevaient la forme entre les fougères.

Alors la forêt fut réellement animée d'esprits maléfiques. D'étranges phénomènes s'y produisirent. Et le chapeau, rendu fou par toutes les mauvaises pensées dont on l'avait accablé, finit, dit-on, par poursuivre les voyageurs comme un chien enragé !

D'après une légende tibétaine

Dans l'atelier du philosophe

Notre imagination nous joue souvent des tours, et les monstres qu'elle engendre peuvent nous faire bien du mal. Lorsque cette imagination est collective, qu'elle concerne non plus des chapeaux mais des humains, la rumeur qu'elle fait naître a des résultats pire encore. L'Histoire est là pour nous en donner de terribles exemples.

Au quotidien, à force d'accuser quelqu'un de méchanceté, ne le pousse-t-on pas à mal se comporter ?

La petite araignée

En ce temps-là, le Soleil était fixé d'un côté de la Terre. L'autre moitié vivait dans le froid et les ténèbres. Aussi, les animaux du côté froid envoyèrent leurs meilleurs guerriers pour tenter de dérober un morceau du soleil et le ramener. Le loup, l'ours, l'élan… tous échouèrent. Les uns furent bloqués par les gardes du Soleil, les autres brûlés cruellement par le feu volé. Ceux qui revinrent ne ramenèrent qu'une boule éteinte tant le chemin du retour était long.
Toutes les bêtes du côté froid grelottaient et se désespéraient.
Un jour pourtant, une petite voix sortie de l'obscurité appela l'assemblée des animaux :
– Moi, je peux essayer !
Lorsque les animaux s'aperçurent qu'il ne s'agissait que d'une minuscule araignée, tous se moquèrent :
– Allons, tu n'es pas un guerrier, tu n'es qu'une femelle et tu es faible. Comment oses-tu te proposer quand les plus grands d'entre nous ont échoué ?
Mais la petite araignée était déjà partie. Elle avança patiemment, petit pas après petit pas. Le chemin est long, à pas d'araignée. Mais sa petite taille avait des avantages. Elle lui permit de se glisser sans peine entre les gardiens du Soleil. Là, elle déroba une minuscule boule de feu, et construisit de ses petites pattes un bol de terre.

L'araignée est habile. Elle tissa même autour du bol de quoi protéger le feu du vent et du froid. Et elle se remit en chemin. La route est longue, à pas d'araignée. Mais jamais elle ne faiblit, avançant lentement, patte après patte. Et quand elle parvint du côté froid, sa flamme brillait toujours. Elle permit à tous les animaux de profiter de la chaleur et de la lumière. Et aucun n'a oublié qu'il devait ce bonheur à une minuscule araignée…

Conte raconté par Béatrice Tanaka dans Contes en F

Dans l'atelier du philosophe

Depuis l'histoire biblique du berger David victorieux du géant Goliath, on sait bien que, parfois, les faibles triomphent là où les forts échouent. Les qualités de patience, de prudence et de ruse ne sont-elles pas aussi efficaces que la force et le courage ? Et le philosophe chinois Lao-tseu (VIe-Ve siècle avant notre ère) ne va-t-il pas jusqu'à dire que l'eau est plus forte que la pierre ?

Regarde

Il y avait un homme très riche. Il y avait un homme très pauvre. Chacun d'eux avait un fils et chacun d'eux vivait de part et d'autre d'une grande colline. Un jour, l'homme très riche fit monter son fils au sommet de la colline et, embrassant tout le paysage d'un grand geste du bras, il lui dit :
– Regarde, bientôt tout cela sera à toi !
Au même instant, l'homme très pauvre fit monter son fils sur l'autre versant de la colline et, devant le soleil levant qui illuminait la plaine, il lui dit simplement :
– Regarde !

Dans l'atelier du philosophe

Lorsqu'on se promène dans la nature, lorsqu'on se trouve devant un beau paysage, il ne tient qu'à nous de penser que tout cela est notre bien commun. Notre société a peu à peu dévalorisé tout bonheur gratuit, pour ne glorifier que la possession et l'achat. Elle a fait primer l'« avoir » sur l'« être » et l'économie sur l'individu.

Mais a-t-on vraiment besoin de posséder quelque chose pour l'admirer et ressentir du bonheur ? Une toile de maître dans un musée est offerte à tous. N'en profitons-nous pas plus que celui qui l'enferme dans son coffre ?

Mots-clés

Sources

Bibliographie

Les adultes désirant aller plus loin dans ce monde merveilleux des fables et des contes philosophiques liront avec profit :

Carrière Jean-Claude, *Le cercle des menteurs*, Plon, 1998

Gougaud Henri, *L'arbre d'amour et de sagesse*, Seuil, 1992

Soupault Ré et Philippe, *Histoires merveilleuses des cinq continents*, Seghers, 1975

Vernette Jean, *Paraboles d'Orient et d'Occident*, Droguet et Ardant, 1993

Shah Idries, *Sages d'Orient*, Presses Pocket, 1993

Shah Idries, *Chercheurs de vérités*, Albin Michel, 1992

Rumi Djalal al-Din, *Le Mesnevi, 150 contes soufis*, Albin Michel, 1988

Vitray-Meyerovitch Eva (de), *Anthologie du soufisme*, Albin Michel, 1995

Deshimaru Taisen, *Le bol et le bâton, 120 contes zen*, Albin Michel, 1986

Lacarrière Sylvia Lipa et Jacques, *Dans la lumière antique*, Philippe Lebaud, 1999

Les enfants et adolescents trouveront leur bonheur dans la collection « Sagesses et malices » des éditions Albin Michel :

Sagesses et malices de Birbal, le Radjah

Sagesses et malices de Confucius, le roi sans royaume

Sagesses et malices de la Chine ancienne

Sagesses et malices de la Perse

Sagesses et malices de la tradition juive

Sagesses et malices de M'Bolo, le lièvre d'Afrique

Sagesses et malices de Madi, l'idiot voyageur

Sagesses et malices de Nasreddine, le fou qui était sage (tomes I à III)

Sagesses et malices de Pierre le rusé, dit Hitar Pétar

Sagesses et malices de Socrate, le philosophe de la rue

Sagesses et malices des anges et des pauvres diables

Sagesses et malices des dieux grecs

Sagesses et malices du Touareg qui avait oublié son chameau

Sagesses et malices du zen

Sagesses et malices de Tchantchès, tête de bois

Dans la même collection, du même auteur :

Mon premier livre de sagesse

Le Conteur philosophe

Récits fabuleux de la mythologie

Les Philo-fables pour vivre ensemble

Les Philo-fables pour la Terre

Site de l'auteur : www.michelpiquemal.com